徳間文庫

警視庁特殊詐欺追跡班

六道　慧

徳間書店

目次

第１章　特サの女

1

　三月。

　玄関のインターフォンが鳴った。

「はい？」

　老婦人は答えた。時刻は午前十一時、マンションの部屋は静まり返っていた。決して新しくはない建物だが、それゆえに家賃が安く、３ＤＫの広さがあることから、共働きの若いファミリーが多かった。小さな子どもがいる家も、保育園に預けて働きに出ている家が多いのだろう。

　大きな声や物音は聞こえてこなかった。

「お届け物です」

　画面に制服姿の男が映し出される。同じ区内に住む娘夫婦の助言に従い、マンションのオーナーに頼んで、顔が映るインターフォンに取り替えてもらったばかりだった。不審人物だと思ったときには開けないように、何度も言われていた。

しかし、映っているのは宅配便の男だ。確か友人が、なにか送ったと連絡をくれたように記憶してもいた。

「はいはい、今、開けますよ」

曲がった腰や重い足を、壁に手をついて支えながら、サンダルを履いて玄関の三和土に降りる。

玄関扉を開けた瞬間、

「現金の回収にまいりました」

宅配便の男は意味不明なことを告げ、強引に押し入って来た。

「あぁっ」

老婦人は押されて、三和土に尻餅をつく。屈み込んだ制服姿の男に口を強く押さえつけられた。

「叫ぶんじゃないぞ、いいな。大声をあげたら、あの世行きだ。放っておいても、じきにお迎えが来るだろうがな。やっぱり、おれも可能な限り、人は殺したくないんだよ」

おそろしくやさしい声だった。制服姿の男が話している間に仲間と思しき二人が入って来る。ひとりは長身痩軀、ひとりはがっちりした小柄な男で、素早く玄関扉を閉めるや、土足で部屋にあがった。

「金はどこだ、ばあさん」

「孫の代わりに受け取りに来たんだよ」

二人は言い、さっそく部屋を物色し始める。食器棚の抽出、仏壇、押入、ベッド脇の棚などを乱暴に引っ掻きまわした。

「や、やめ、やめて、や、やめてください」

老婦人は懸命に頼んだが、

「喋るな」

制服男に命じられた。

「昨日、電話があっただろう、あんたの孫からだよ。おれたちは、彼に頼まれて金を取りに来たんだ。あんたの孫は会社の金を使い込んじまってね。その金を取りに来たってわけさ。女に注ぎ込んだらしいぜ。今時、銀座のお姉さんに騙される初なやつがいるとはね」

「使い込み？」

老婦人は座り込み、極端な横目で制服男を窺うように見た。

「そう、使い込み。お年のせいで記憶力が鈍っているのかな。あんたの孫が使い込みをしたので、会社の依頼を受けて、おれたちが遣わされたってわけさ。おい、まだか」

制服男は苛立った声を投げる。ベランダに面して六畳が二部屋、通路に面して一部屋の造りだが、どの部屋も台風が通り過ぎた後のような状態になっていた。床に投げ出された洋服や着物、小物、食器といった品物が足の踏み場もないほどに散らばっている。

「食器棚の抽出から二万」

ひとりが、両手に持った一万円札をヒラヒラさせる。

「それは今月分の生活費なんですよ。持って行かれたら……」

「命が大事だろ、ばあさんよ」

制服男が耳元に囁いた。

「どこに隠した、ええ、二百万用意しろと孫に言われただろうが。間違いなく今日の午前中には、揃えておくと返事したよな、ええ、そうだったろ？」

「お、お金、お金は」

「寝室のクローゼットに、鍵が掛かってるぜ」

背の高いひとりが、寝室から顔を覗かせた。

「そこだ。立て、ばあさん」

　制服男に無理やり立ち上がらされる。老婦人は壁を支えにして立ち上がったものの、腰はほぼ九十度に曲がったままだ。激しい恐怖心のためだろう、肩で喘ぐように呼吸をしている。

「クローゼットの鍵を出せ」

　制服男が告げた。

「鍵は、こ、ここにはないんですよ。危ないからと言って、用心のために娘が持っているんです」

　唇を震わせながら、しゃがれ声で答える。身体も小刻みに震えていたが、制服男は頓着しない。念のためという感じで、老婦人が着ていた服のポケットなどを探った。なかったことを舌打ちで示した後、

「鍵を壊せ」

　静かに申し渡した。老婦人を押すようにして寝室へと移動する。壁を伝いながら歩くので一歩、二歩と、遅々たる歩みだった。仲間の二人は力を合わせてクローゼットの鍵を壊そうとしていたが……。

「駄目だ。開かない」

　長身痩躯が言った。リフォームしたばかりの真新しいクローゼットは、百八十センチぐらいの幅で高さは天井まである。大事な宝石類や、箪笥預金、いや、クローゼッ

ト預金だろうか。見るからに金目のものが、収まっている印象を受けた。

「予備の鍵はないのか」

制服男は訊いた。しきりに腕時計を気にしていた。

「よ、予備の鍵は」

老婦人は顎でクローゼットを指した。ひとつの鍵は娘が持ち、もうひとつの鍵はクローゼット内。

「せーので引き手を思いきり引っ張ろう」

小柄ながっちり男が、長身痩軀に目配せする。

「仕方ねえな」

渋々という感じだったが、お宝を目の前にして撤退するわけにはいかないと思ったのではないだろうか。

「よし、いいか」

右側の引き手を握り締めた。がっちり男もそれに倣い、節くれ立った手で左側の引き手を摑んだ。

「せーの」

あらん限りの力を込めたに違いない。いきおいよくクローゼットの扉が開いたものの、二人は反動でいやおうなくさがる。刹那、男たちの腹に鋭い蹴りが食い込んだ。

「うぐっ」

「うっ」

呻（うめ）き声は異なるが、床に倒れたのは二人同時だった。長身瘦軀には長身の女性、がっちり男には小柄な女性がのしかかっている。長身女性は私服だが、小柄な女性は警察官の制服を着用していた。

「え？」

制服男は茫然自失、それでも気配を感じたのか、後ろを振り向いた。あろうことか老婦人の腰が、ぐぐーっと伸びて真っ直ぐになる。今まではほとんど直角に曲がっていた腰が、いきなり普通の状態になっていた。

「………」

眼前で起きた事実を受け入れられないのだろう、制服男は口を大きく開けていた。

「ああ、疲れた」

老婦人だった女は言い、首を大きくまわしている。発せられた声は、先程までの弱々しいしゃがれ声ではなく、潑溂（はつらつ）とした若さを感じさせる力強い声だった。

「お年寄りは大変だよ。腰がまがっちゃうと歩くのもままならない。おまけに脚まで重くなるでしょう。年は取りたくないもんだ」

「き、きさま！」

制服男は拳を突き出そうとしたが、いち早く老婦人だったはずの女は避ける。あっという間に後ろへまわり込み、制服男に手錠を掛けた。あまりにも速かったため、なにが起きたのかわからなかったのではないだろうか。制服男は二度目の茫然自失状態に陥っているようだ。

「…………」

「わたしは警視庁捜査2課特殊詐欺追跡班の片桐冴子」

老婦人は若々しい声で言った。

「同じく小野千紘」

小柄な制服女性の言葉を、長身の女性が継いだ。

「同じく喜多川春菜」

「昨日の電話も、ちゃんと録音してあるんだよ。あんたたちの行動は筒抜けだったわけ。強盗容疑で逮捕します」

冴子が言い渡しても、制服男はまだ信じられないようだった。

「…………」

口を開けたまま、三人を見上げている。もはや反論する気力もないようだった。

2

翌日。

「渋谷区で起きた二件の強盗事件も、あなたがた三人の仕事ですね」

冴子は言った。三人組を所轄に連行して、取調室でのご対面になっている。冴子は宅配便の業者に化けていた男――中西幸平、二十五歳の聴取役を引き受けていた。彼は唇を引き結んだまま、そっぽを向いている。

「事前に標的へ電話、これはアポイント電話、略してアポ電と言われますが、これを入れて、自宅に金はあるか、いくらぐらいかといった情報を得る点が共通しています。また、七十歳以上のお年寄りを標的にした点や、アポ電を入れた夜か、翌日に急襲して強引に押し入るやり方も同じです」

似た案件は今回で三件目になる。一昨日、不審な電話があったという通報を受けて、特殊詐欺追跡班が素早い対応を取っていた。

「事件現場近くの防犯カメラに映っていました」

冴子の言葉に従い、千紘が何枚かの写真を机に置いた。冴子は老婆のメイクではなく私服だが、彼女は昨日同様、警察官の制服を着ていた。春菜は取り調べの様子を別室のパソコンで確認しているため、同席していなかった。

中西は、冴子が昨日の老婦人と同一人物だとは、思っていないに違いない。また、正直に言ったところで信じるとは思えなかった。

「これが、あなた。他の二人はこれとこれ。三人仲良く歩いているじゃないですか。強引に押し入るやり方で、渋谷区で起きた二件目の事件では、一千万円もの大金を奪い取りました。もとは歯医者だった老夫婦を縛り上げ、押入の金庫にあった現金を強奪した。ほら、こっちの写真なんか、ＳＮＳに挙げられそうなほど鮮明ですよ」

千紘が並べたうちの一枚を、冴子は中西の眼前に掲げる。

「老夫婦は防犯のことを考えて、室内にも隠しカメラを仕込んでいたんです。押入を外から映すカメラが一台、押入の中に設置したのが一台。暗視カメラなので暗闇でも問題ありません。顔認証システムで確認したところ、中西幸平さん」

いちおう「さん」付けにして、続けた。

「あなたであることが確認されました。他の二人も確認が取れています。繰り返しになりますが、三件の『強盗傷害事件』は、あなたがた三人の仕業ですね」

二度目の確認は、断定の口調になっていた。さらに「仕事」を「仕業」に変えていた。

「傷害？」

中西は初めて言葉を発した。

「だれか怪我をしたのかよ。ネットのニュースには、載っていなかったぜ」

　注意深くネットで見たと自ら告げていた。心配で確かめたのかもしれないが、そんなに手荒な扱いはしていない、きつく縛り上げてはいない等々、口にすれば自ら白状したも同然になる。慎重な性格なのを感じた。

「一件目の老婦人は、縛られた後に立ち上がって、捻挫。二件目のご夫婦は、きつく縛りすぎたんでしょう。妻は右側の肋骨が折れてしまい、現在も入院中です。あなたがたが狙うのは、七十歳を過ぎたお年寄りばかり。抵抗されてもたいしたことはないと考えてのことじゃないんですか」

　少し声がきつくなったかもしれない。弱い者を標的にするやり口が許せなかった。

「やっていません」

　中西は顔を上げて言い切る。

「事件が起きた場所の近くを三人で歩いたことはあります。でも、それだけです。事件には関わっていません」

「二件目の、室内で撮られた映像は、どう説明するんですか」

　冴子の質問に合わせて、千紘がもう一度、二件目の写真を中西の眼前に掲げた。顔にふれるぐらい近づけていたが、平然としているように見えた。

「他人のそら似などという言い訳は通用しませんよ。三人とも鮮明に映っているんです。特にあなたはアップで」

大写しになった別の一枚を取り上げる。

「映っています。気が逸っているのか、もしくは覚せい剤でも使っているのか」

後者の部分で、中西の片頬がぴくりと動いた。昨夜、三人を採尿した結果がすでに出ていた。全員が陽性反応だったことから、薬欲しさの犯行という可能性が高まっていた。

「どうでもいいけど、あんた、もしかしたら、昨日のばあさんか？」

中西は突然、話を変えた。都合が悪くなると話を変えるか、黙秘権を行使するに違いない。唇に薄笑いを浮かべていた。

「信じられないかもしれませんが、わたしです。小野巡査はハリウッドに短期留学して、特殊メイクの技を学んだんです」

冴子の目配せで、千紘は小さく会釈する。とはいえ、このまま相手のペースにさせるつもりはなかった。

「他の二人とは闇サイトの募集で知り合ったのですか」

別の話を振る。見知らぬ他人同士がネットで出会い、凶悪事件を起こすのは、もはや珍しくない事態になっていた。おそらく中西たちもそうではないのだろうか。一例として挙げたつもりだったのだが……。

「黙秘します」

小さな声で答えた。とそのとき、一瞬、手が妙な動きをしたのを見のがさない。鼻を掻くような仕草の後、また、さりげなく手を動かした。

（なんだろう？）

疑問を問いかける。

「手の運動ですか」

「え」

「今、動かしたじゃないですか、右手をこんなふうに」

動きを真似て、問いかけの眼差しを向けた。

「いや、気づきませんでした。癖なのかもしれないな。とにかく、おれは事件には関わっていません。防犯カメラの映像に残っていたとしても、です。強盗事件なんか、起こしていませんから」

「二件の被害者に確認してもらいました」

たまりかねたように、千紘が横から口をはさんだ。ミニスカート気味の制服姿で一歩、前に出た。

「みなさん、間違いないと断言していました。特にひょろりとした長身男と小柄ながっしり男は、強く憶えていたようです。あなたの場合は、アップの映像がありますからね」

　冴子が持っていた一枚を取って突きつける。

「言いのがれはできないと思います。裁判員裁判が開かれたとき、陪審員たちがどう思うか。見苦しい言い訳はしないで、潔く認めるべきじゃないですか。その方がすっきりしませんか」

　童顔と少し舌たらずな喋り方が、気になったのかもしれない。

「すっきりするのは、トイレだけでいいんだよ、お嬢ちゃん」

　中西は嘲笑を返した。

「交番勤務に戻りな。交通整理をするのがお似合いだぜ。『はい、順番に渡ってくださいね。ほらほら、喧嘩しちゃ駄目ですよ』ってな」

　挑発するような言動であり、実際、千紘はキレやすい一面がある。冴子は助け船を出そうとしたが、

「中西幸平、二十五歳。中学生のときから、暴行・万引き、家出、不純異性交遊といった非行を続けて今に至る。あなたは『素行症』の懸念がありますね」

　千紘は冷静に告げた。

「なんだ、それは」

　馬鹿にしたような表情が、わずかに強張る。揶揄した相手に鋭く切り返されて、

狼狽(うろた)えているのは確かだろう。瞼がひくついていた。

「素行障害、行為障害と呼ばれるものです。一定の年齢になっても、社会のルールを無視して、暴力行為やレイプといった犯罪を続ける状態のことですよ。『小児期発症型』と『青年期発症型』の二つのタイプがあるようですが、あなたが初めて暴行事件を起こしたのは、小学六年生のときだと記録には載っていました。従って、前者の小児期発症型と思われます」

早口でまくしたてられると、中西は目を逸らした。敗北を認めた瞬間かもしれない。童顔と舌たらずな口調を侮(あなど)った結果になっていた。

「さらにあなたは、見本工事商法でも任意同行されていますよね。パンフレットに載せたいと工事を持ちかけ、高額の工事費用を取る悪質商法ですが、余罪は他にもあるんじゃないですか。叩けばいくらでも埃が……」

「黙秘します」

都合が悪くなると出るらしい。冴子は千紘を受けて続けようとしたが、不意に荒々しく扉が開いた。

「お疲れ様です。あとは我々におまかせください」

所轄の刑事組織犯罪対策課の課長自ら取調室に姿を見せた。年は五十代なかばぐらいだろうか。ふくよかな福耳が目立つことから、追跡班では早くも福耳課長という異名を与えている。しかし、温厚そうな見た目とは裏腹に、底意地の悪い一面を持っていた。仏と悪鬼の顔を使い分けているようだが、追跡班には悪鬼の顔ばかり見せていた。

また、渋谷で起きた二件の事件に関しては、すでに捜査本部が設けられており、そこに今回の江東区の事件が加わる流れになっていた。特殊詐欺の中では、手口の荒っぽい問題事件と警視庁に定義されているため、福耳課長も気合いが入るのではないだろうか。

「警視庁捜査2課特殊詐欺追跡班、通称『特サの女』でしたか。追跡班は他の事案も抱えているんじゃないですか。お忙しいと思います。捜査本部も設けられましたので、お引き取りいただいても大丈夫ですから」

言葉遣いや表情で慇懃(いんぎん)無礼を実行していた。ここまで露骨に示されてなお居座るほど確かに暇ではない。

「わかりました。うちはこれで引き上げます」

書類を纏(まと)めて立ち上がった冴子を、福耳課長は仕草で制した。

「洩れ伝え聞いたところでは、確か追跡班には大仰なモットーがありましたよね。なんでしたっけ？」

福耳に片手をあてて、いかにも意見を賜(たまわ)るといった態度を取っている。が、その仕草はもちろんのこと、表情にも小馬鹿にしたような様子が表れていた。被疑者の前でわざわざ訊いたのは、上下関係を知らしめるためかもしれない。

「『嘘を騙らせるな、真実を語らせろ』です。うちが提唱した『騙らせるな、語らせろ』を合い言葉にして、三月が特殊詐欺撲滅月間になっているのはご存じですよね」

冴子は答えて、訊き返した。二十三歳の女性警察官三人が、警視庁の捜査2課に特殊詐欺追跡班という部署を与えられたことに対しては、少なからぬ反感を買っていた。所轄に出向けば、こういうふうに洗礼の嵐となる。福耳課長の言動などは、穏やかな部類に入るかもしれなかった。

「もちろん知っています。通称『特サの女』と呼ばれる敏腕警察官たちと、こうやって関わりを持てたのは、我々にとってもよい機会だと考えているんですよ。色々と教えていただけますからね。お互い、オープンにして隠し事はなしにしましょうか」

しましょうか、と、わずかに疑問が込められたのは気に入らなかったが、あれこれ言えば角が立つ。

「異存はありません。捜査の状況は濃やかにお知らせいたします。この荒っぽい手口が広まるのは、食い止めたいので」

冴子の言葉を、福耳課長はあきらかな作り笑いで受けた。

「同感です。まあ、かれら三人を捕らえられたのは幸いでした。まさか片桐巡査長が、年寄りに変身して確保するとは思いませんでしたが」

作り笑いのついでに唇をゆがめたのは、警察官は俳優じゃねえぞという皮肉だったように思えた。

「失礼します」

一礼して、冴子と千紘は取調室をあとにした。

3

「あのまま取り調べを続ければよかったのに。手柄を横取りされたうえ、おとなしく追い払われてやるなんて馬鹿みたい」

千紘が言った。

「取り調べが終わり次第、本庁に戻れというメールが来ていたでしょう。それに従うだけの話です」

冴子は答えて、地下駐車場に足を向けた。

「片桐巡査長」

受付の方から男性警察官がこちらに来る。ひとりの老婦人を伴っていた。見憶えのある顔だった。

「通報をいただいた方」

　昨日、犯人逮捕に至るきっかけを作った通報者の女性である。年は八十一、着物の方が落ち着くのか、今では珍しくなった着物姿に道行きコートを羽織っていた。白髪染めをした顔は、せいぜい七十ぐらいにしか見えない。千紘は彼女に似せた特殊メイクを施したので、化けた昨日の冴子は、姉妹のようにそっくりになっていた。

「この度は、本当にありがとうございました」

　深々と辞儀をした老婦人に、冴子と千紘は辞儀を返した。

「お礼を言うのは、こちらの方です。通報がなければ、逮捕できなかったかもしれません。ありがとうございました」

「とんでもない。まずは警察にと思い、連絡したのが幸いしました。危ない状況だったと思います。捕まって、ほっといたしました」

　話し方も衰えを感じさせなかった。近づいて来たときに感じたのだが、足腰もしっかりしているように見えた。

「つまらない物ですが」

　差し出された風呂敷包みを、冴子は丁重に辞した。

「お気遣いは無用です。警察官として、あたりまえのことをしただけですから」

「いえ、本当に気持ちだけですので、どうか受け取ってください。うちは、一度はだめになりかけた下町の小さな和菓子屋なんですよ。ご支援を賜りましたお陰で今は息子が経営しているんです。せめて感謝の気持ちだけでもと思いまして」

「そうですか。では、ありがたく頂戴いたします」

千紘が勝手に受け取る。

「小野巡査」

冴子は注意したが、屈託（くったく）のない顔で肩をすくめた。

「固いこと言いっこなし。だれも賄賂（わいろ）だなんて思いませんよ」

ねえ、と、案内して来た男性警察官を見た。江戸時代の裏取引のように、和菓子の下に札束がなどということはない、はずだ。

「ありがとうございました」

冴子はもう一度、辞儀をしながら、老婦人を見送った。二人の携帯が同時にヴァイブレーションしたが、

「春菜からメール。表玄関に面パトをまわしておくってさ。いつもながら素早いよね」

千紘はすでに走り出していた。両手には、しっかり菓子折を抱えている。自他ともに認める食い道楽で、特に甘い物には目がなかった。

「素早いのは、だれなんだか」

冴子は笑って追いかけた。表玄関には、すでに面パトが停まっている。千紘は後部

座席に乗り、冴子は助手席に乗り込んだ。

「これ、中西幸平の余罪。つい今し方、遅ればせながらと所轄から渡された」

　春菜がクリアファイルを差し出した。ぶっきらぼうな話し方と無愛想が常の同僚は、百七十七センチの長身を持て余し気味だった。脚が長いので座席を一番後ろにさげても、スペースが足りないように思えた。

　本庁の女性警察官や事務方には、宝塚の男役のようだと噂されている。密かに憧れる女性もいるらしく、今年のバレンタインデーには、かなりの数のチョコレートが贈られたようだ。

　一見、冷たく見える外見とは違い、細やかなところにまで気を配る点が、大雑把な千紘とは異なっていた。面パトのエンジンをかけ、車内を温めておいてくれたのだろう。陽射しの割に冷え込んでいたが、春菜の気配りのお陰で寒さに震えるようなことはなかった。

「いったん本庁に戻ります」

　冴子の言葉で面パトは静かにスタートした。

「あたし、連行される犯人みたい。やっぱり、後ろの席はいやだな」

　後部座席の訴えをルームミラー越しに切り返した。

「大丈夫、警察官の制服を着た犯人はいないから。あんた、大事そうに菓子折を抱え込んでいるけど、独り占めするつもりじゃないでしょうね」

「三時のおやつに出しますよ。ほんとに意地汚いんだから」

「今の言葉、そのままお返しします」

「さっきの警察官の制服云々だけどさ。言い切れないと思うな。昨今は、ニセ警官もいるからね」

「あぁ、千紘はニセ警官に見えるかも」

生返事をして、冴子は渡されたばかりの新たな調書に目を通していた。千紘は身を乗り出して後ろから覗き見ようとしていたが、シートベルトを着けなさいと視線で告げ、調書の一部を読み上げる。

「中西幸平は結婚詐欺が二件だってさ。へえ、一流大学を卒業してるんだ。大学生活を楽しみながら、金ほしさと性欲を満たすために、ナンパしまくったのかもしれないな」

ざっと目を通して後部座席の千紘に渡した。おそらく当初は普通の大学生だったであろう中西は、なにがきっかけなのかはわからないが、半グレと関わる結果になっていた。町でナンパした女性と数カ月、付き合い、性風俗で働かせた過去がある。女性から訴えられたのだが、不起訴になっていた。

中西が反社会的勢力の下っ端だったのは言うまでもない。暴力団が経営するバーに、交際中の女性を連れて行き、高い酒を飲ませて酔い潰した挙げ句、借金を負わせるのが連中のやり方だ。

「大学のサークルの延長みたいな感覚だったのかもしれないな。他にも点検商法や、ゴミ処理を謳ったチラシを配り、依頼を履行した後で高額の料金を請求か。もはや立派な半グレじゃないさ」

千紘はひとりごちる。

「でも、やつらはマメだからなあ。あたし、猛烈にアタックされたら、ついフラフラ付き合っちゃうかも。今はフリーだしね。断りきれない自信、あるよ」

「妙な自信、持つんじゃないの」

笑う冴子の横で、運転席の春菜も苦笑いしていた。最近は一般人と半グレの境目が、ほとんどなくなっている。グレーゾーンに属しつつ、闇サイトの募集に応じてある程度、稼ぎ、平然と普通の生活に戻るといった奇妙な流れができているように感じられた。

「ロマンス詐欺なんて綺麗な言葉でごまかしているけどさ。連中にとって女性は獲物でしょう。性風俗で働かせるために、美辞麗句を並べ立てて陥落させる。そりゃ、熱が入るよね。お金になるもん」

「千紘。それ、自分に言い聞かせておきな」

冴子の忠告には、背筋を伸ばして敬礼する。

「よーく肝に銘じておきます。中西のやつ、この分じゃ、ぼったくりもやっているね。馴染みのバーがあるわけでしょ。バイトと称して客引きをしては、泥酔させて高額料金を取る。泥酔させるのは女性の場合と同じだろうな」

「テレビでやっていたけど、交番に駆け込んでも警察はノータッチだってさ。同じ警察官としては歯がゆさを覚えるばかりだけれど、きりがないんだろうね。だから民事裁判で争ってくださいとなる。客は仕方ないから払うわけ。で、ぼったくりバーは、ますます増長するという流れができちゃってる」

そうそう、と、冴子はさらに続けた。

「千紘の『妙な自信』で思い出したけどさ。中西幸平が、こんな手の動きをしていたんだよね」

気になった手の動きを再現する。赤信号で停止したので、春菜も目を向けていた。千紘は同じ動きを真似ながら首を傾げていた。

「手話?」

不意に春菜が告げた。

「あっ、そうか、手話か。そういえば、あったね、手話を使った詐欺事件が。あれは、ええと、追跡班がスタートしたばかりの頃の事件だったような」

ふたたびスタートした面パトの助手席で、携帯を検索する。半年ほど前に担当した詐欺事件だが、手話を使って『いい人』を装いながら、耳の不自由な人に接近していく卑劣（ひれつ）な手口だ。

「ありました。これですね」

いち早く検索した千紘が、携帯を差し出した。冴子は片手を挙げて答える。

「あたしも見つけた。問題なのは、あれが手話だった場合、なにを『告げた』のか、だよな。手話の調べは、うちの新人にまかせるか」

「新人で思い出した。今日、上司が来るんじゃなかったっけ？」

春菜が非常に重要な案件を口にする。遅ればせながら、冴子も思い出した。

「そういえば、今日だったような……本当は四月からなのに、早く部署の仕事を憶えたいとか言って三月の着任（ちゃくにん）になったんだよね。なるほど。それで一度、本庁に戻れというメールが来たわけですか」

「今日はなんだか冴えないね、冴子。名前どおりの鋭い切れがないのは、なぜ？」

ルームミラーに映る千紘の笑顔に、冴子は思いきり渋面を向けた。

「あんたがそれを言うか。人の部屋に来て朝方までグズグズと、また、振られただの、二度と恋なんかしないなんていう話をしていたのはだれですかね」

三人は警察の独身寮に住んでいるのだが、寂しがりやの千紘は、冴子か春菜の部屋に必ず泊まり込む。日常茶飯事の失恋騒ぎのせいで、睡眠不足になるのもしばしばだった。

「あたしは平気なのに、ヤワだなあ、冴子は」

「はあ？」

冴子は、二度目の驚きの表情をルームミラーに向ける。

「あたしはね、寝そびれたんです。その横であんたは、グースカピーと、そりゃもう気持ちよさそうに寝てましたよ。今日からは出入り禁止にします。春菜の部屋もだめ。ひとりで寝なさい」

「えぇー、そんなぁ」

「おっと、うちの新人からメールだ。噂をすればなんとやら、上司の情報ですね。名前は本郷伊都美（ほんごういつみ）、三十八歳。女性警視ですか。いい大学、出てんな。待てよ」

冴子は記憶の箱から名字の情報を引き出した。

「本郷って、もしや、いくつかの所轄の署長を務めた本郷署長の娘かな。警察官だったときには、立て籠（こ）もり事件や誘拐事件を解決したレジェンド署長。珍しいというほどではないけれど、そんなには聞かない名字だから、その可能性が高いか」

「本郷って、日本を代表する大学のひとつがある場所だよね」

千紘の問いかけに、冴子は携帯から目を上げて、答えた。

「そう。昔は地主だったのかもね。それで地名を名字にした」

「今も地主だったとしたら、すごいセレブかも。あ、また、メールだ。一度に流せばいいのに、ちょっと段取りが悪いな。まずい。本郷警視、もう部署に到着したみたいだよ。映像が流れて来た」

千紘に言われるまでもない、冴子の携帯にも到着を知らせるメールが流れていた。春菜は黙って制限速度ぎりぎりまでスピードを上げる。携帯の画面には、黒いスーツ姿に眼鏡を掛けた女性が映し出されていた。

4

本郷伊都美は、特殊詐欺追跡班の部署に入った。

（落ち着いて）

自分に言い聞かせて、深々と一礼する。

「本日付けで追跡班の班長に着任いたしました、本郷伊都美です。よろしくお願いいたします」

顔を上げたとき、目に飛び込んで来たのは、車椅子に乗ったイケメンの若い男性警察官だった。部屋の左右の壁にはロッカーや棚、正面には窓、そして、中央部分に二つずつ向かい合わせになった机が置かれている。さらに正面の窓に背を向ける形で大きな机が置かれていた。

　イケメンの若い男性警察官は、右列の机の一番手前に車椅子で座していた。

「お待ちしておりました、本郷警視。自分は、ご覧のとおり脚が不自由なので、座ったままの挨拶をお許しください」

　丁寧な挨拶をされてしまい、恐縮する。端整な顔立ちに細い縞の入ったスーツがよく似合っている。短めの髪型も好感度を高めていた。

「もちろん、そのままでかまいません。あの、他の方々はまだ、おいでになっていないのですか」

　やはり、歓迎されていないのだろうかと不安が高まった。クセの強い女性トリオが、班員であるのは聞いている。務まるだろうか、馬鹿にされてしまうのではないかと思い悩み、昨夜は一睡もできなかった。

「昨日、江東区の所轄で詐欺事件があったのですが、無事、犯人逮捕に至りました。午前中は犯人の取り調べを行うため、三人は所轄へ出向いた次第です」

「そうでしたか。噂どおり、優秀なのですね」

「立ったままで話すのもなんですから、どうぞ、お座りください。本郷警視の机は、あそこですので」

　細くて白い手が、窓に背を向けた大きな机を指した。

「わたくしの席ですか」

「はい」

「なんて大袈裟な机なのでしょう。みなさんと同じ物でいいと、繰り返し、伝えておきましたのに」

父の本郷元署長が、あれこれ手をまわしたのは容易に想像できた。溜め息をつきながら、とりあえず自分の机に鞄を置いた。鞄から手帳とボールペンを出した後、コートを脱いで名札が貼られたロッカーの中に掛ける。

「班員、どうも犯人と間違えそうで響きがよくないと思います。課員と言うようにしてもよろしいですか」

男性警察官の問いに頷き返した。

「いいと思います。他にも班で呼ぶ課がありますが、課員、もしくは署員と表現しておりますので」

「それでは、課員と言うようにします。彼女たちが着くまでの間に、三人の紹介をしておくように申しつかりました。警視のパソコンはまだ接続できていませんので、よろしければ、わたしの隣に座って画面をご覧になってください」

「はい」

伊都美は手帳とボールペンを持ち、だれの椅子かは知らないが、男性警察官の隣の席から椅子を借りて座った。

「始めてください」

生真面目に言い、ぴんと背筋を伸ばした。若い男性警察官は、デスクトップの画面をこちらに向けて、キーボードを操作する。

「あまりいい噂は、お聞きになっていないと思います。やり方が強引すぎる、囮捜査ではないのか、俳優じゃあるまいし、特殊メイクなんかおかしいだろ、猿芝居なんてみっともない等々、警視庁だけでなく、所轄にも悪い話が飛び交っているようです」

「い、いえ、そんな噂は聞いておりません」

伊都美は頭を振って、早口で続けた。

「三人とも、とても優れた警察官だと伺いました。本当です。だれも悪い話などは言って……」

「わかりました。むきになられると、疑いが頭をもたげますので、それ以上は仰らない方がいいのではないかと」

「……はい」

早くも失態、心の中で想像上の頭を叩いた。この異様な緊張感が、三人に対する気持ちを正直に告げているではないか。数限りなく悪態を聞かされた結果、不眠症になりかけている状況なのだから。

「まず一番手は、片桐冴子巡査長、二十三歳。身長は百六十センチ、三人は同期で同い年です」

パソコンの画面に、鋭い目をした美人が現れた。すでに資料で見ていたが、そのときの写真よりも一段と迫力が増しているように感じられた。

「独特の雰囲気を持っていらっしゃいますね」

伊都美は小さな声で感想を洩らした。

「はい。三人とも個性的ですが、片桐巡査長は追跡班のリーダーです。文武両道のうえ、歴史や天文学、心理学などにも精通しており、むずかしい実務を軽々とこなすオールマイティです。性格は非常にきついですが、やさしい面も……あれ？　あったかな、やさしい面。どちらかと言えば恐い印象しかないんですが、なんで自分はこんなことを言っているんだろう」

首を傾げる姿を見て、昂ぶっていた気持ちが少しおさまってきた。

「次に進んでください」

促すと、「はい」と力強く答えた。

「二番手は、小野千紘巡査」

制服姿の可愛らしい女性に変わる。冴子と同い年とは思えないほど若く感じられた。高校生ぐらいにしか見えないが、伊都美も童顔だとよく言われるので、人のことは言えない。仕草で「先へ」と示した。

「彼女は手先が器用なのを活かして、特殊メイクの技を会得しました。これはアメリカに短期留学して学んだようです。性格は時々こいつは馬鹿じゃないかと思うほど明るいですね。惚れやすい性格らしく、たえず、好きな人ができた、振られたと言っています」

「わたしが見た写真でも彼女だけ制服姿でした。私服でいいのに、なぜ、わざわざ制服を着用しているのですか」

「センスが悪いからです。ゴスロリだかなんだか知りませんが、他の二人が思わず沈黙するほど趣味の悪い恰好をするんですよ。それで片桐巡査長が『あんたは制服着用ね』と決めました」

「警察官の制服が、とても似合っていると思います。いいんじゃないでしょうか」

「来たら褒めてやってください。単純なので喜びます。小野巡査は占いにもはまっているようで、毎朝、タロットカードで班の運勢を占います」

「占い」

伊都美は興味が湧いた。自分ではできないが、新聞や雑誌の占いコーナーは必ず目をとおすようにしている。隠れファンだと自負していた。

「当たるのですか」

「さあ、どうでしょうか。当たるも八卦(はっけ)、当たらぬも八卦と言いますからね。あまり気にしない方がいいと思います。さて、しんがりを務めますのは、喜多川春菜巡査」

やけに古めかしい言い方をして画面を切り替えた。切れ長の目をしたショートカットの女性が現れる。前の部署にいたとき、宝塚の男役みたいだと騒がれていたのを憶えていた。

「彼女は自分の女性らしい名前が気に入らないようです。ぽわわんとして阿呆みたいな名前だと、常日頃から口にします。本当は玲(れい)や明良(あきら)、光瑠(ひかる)といった中性的な名前がよかったと言っていますね」

「でも、春菜さんという名前も素敵だと思いますが」

そう言いながら、確かに中性的な名前の方がしっくりくると心の中では納得していた。伊都美はあたりさわりのない話し方をする癖がついている。波風(なみかぜ)をたてず、その場をうまく切り抜け、目立たないようにするのが常だった。

「それも先程の小野巡査と同じように、本人に言ってあげてください」

若い男性警察官は答えて、「続けます」と言った。

「喜多川巡査は、武術の達人です。空手や柔術、剣道、弓道、なんでもござれの武術オタク。スポーツも万能で、ボルダリングではオリンピックの最終選考に残りましたが、警察官なので出られるとしても出ないと辞退しました。自分は自信がなかったんだろうなと思っていますが」

　引き攣るような笑みを浮かべる。言いたい放題なのは、部署がそれを許す雰囲気だという証だろうか。思っていたより、フレンドリーな感じなのかもしれない。

「仰ったように、三人それぞれに個性的ですね。そして、優秀なのは事実のようです。彼女たちの上に立って、わたくしはやっていけるかどうか」

「大丈夫です。すべてとは言いませんが、悪い話は嘘や作られたものが多いです。三人とも縛られるのがきらいなので、放っておくことですね」

　気楽な口調に、笑みを返した。

「三人には育ての親と言いますか、優秀な警察官になるべく厳しく指導した二人の大恩人がいると聞きました。どんなふうに彼女たちは育てられたのでしょうか」

「ひと言で表現すれば、そう、警察官になるための英才教育ですね。武術やAI、犯罪知識、さまざまな学問、さらに医学まで、徹底的に仕込まれたようです。三人もまた、一生懸命に学びました。警察学校を競い合うようにして卒業した後、はじめは別々の所轄に配属されたのですが、二十二歳のとき、三人とも本庁勤務になりました」

「別々の所轄に配属されたときは、配属された先で難事件を解決したとか。そういった功績が認められて、新しい部署、特殊詐欺追跡班ですね。ここをまかされたと聞きました」

　調査書に記された内容を確認していた。なにか抜け落ちていないだろうかという不安が消えなかった。

　深刻な表情を察したのか、

「上としては、面倒な厄介者は新たな部署にまとめておき、一気に叩き潰す考えなんじゃないですか」

　男性警察官は軽く言った。それを聞いてますます不安になる。そこに上司として配属された自分は、と、深読みしてしまうのだった。

「失礼ですが、本郷警視には二人の兄上がいらっしゃいますね」

　今度は伊都美の身上調査のようだ。

「はい」

　自分のことになると緊張感が高まる。次に出る言葉がわかるからだ。

「お父上は、かつて所轄の署長を務めた高名な警察官、お母上は敏腕弁護士。兄上もまた、優秀でおひとりは本庁の警視正を務めていらっしゃる。二番目の兄上は検察官ですか。ご両親、兄上ともに同じ大学、これは名字と同じ本郷にある有名な大学出身ですね」

「はい。わたくしだけ女子大なのです」

言われる前に告げた。若いに似合わず、なんとなくレトロな雰囲気を漂わせる眼前の男性警察官に多少、心を許し始めていた。

「それが強いコンプレックスになっています。警察官になったのは、だれかの役に立ちたいという気持ちがあったからなのですが、いつも父や兄と比較されたり、畏（おそ）れられたりして、わたくしという人間を見てもらえません」

また、溜め息が出た。

「いつの間にか、三十八になってしまいました。母には早く結婚しろ、孫の顔を見せろとせっつかれるし、父は父でそろそろ辞めてもいいんじゃないか、などと言うのです。今すぐ結婚して子どもができたとしても、生まれるのは三十九歳のとき。ちょっと遅れれば四十で初産（ういざん）になりかねません。四十までには子どもをという母の気持ちも、わからなくはないのですが」

男性警察官が、ティッシュの箱をこちらに押した。昨夜は辞めろ、辞めませんの言い合いになって、そのまま自室に駆け込む結果になっていた。それを思い出したせいで、涙が滲（にじ）んでいたようだ。

「女性は出産という大仕事がありますからね。大変だと思います」

ぎこちない動きでもう一度、ティッシュの箱を押したとき、箱が机から落ちかける。伊都美は慌てて押さえたが、男性警察官と手がふれた。

「え」

　これは恋の始まりかと、千紘であれば喜ぶ場面かもしれないが……慄然とした。

「冷たい手、ですね」

　ふれたままの手を、離すことができなかった。あまりにも冷たくて、とても生きている人間の手とは思えなかったからだ。

「そうですか。いつもこんな感じですが」

　涼しい顔をしている。

「み、脈を取ってみても、よろしいでしょうか」

　伊都美は訊いた。身体同様、声が震えていた。

「どうぞ」

「失礼します」

　震える手を叱りつけ、おそるおそる男性警察官の手首に指を当てる。冷たいだけでなく、脈がまったく感じられなかった。

「な、ない、ありません、脈が！」

　伊都美はさがって、上着のポケットから携帯を出そうとする。が、動かない男性警察官の瞳を見た瞬間、喉の奥から悲鳴を迸らせていた。

「し、死人、いき、生きている死人」

腰がくだけるように座り込む。

ほとんど同時に、だれかが飛び込んで来た。

「遅れて申し訳ありません」

片桐冴子を含む三人が敬礼している。

5

「本郷警視の相手をしていた男性警察官は、ＡＩを搭載したヒト型ロボットなのです。人手不足なので、留守番役や簡単な調査役を務めております」

告げた冴子の耳に、千紘が小声で囁いた。

「見ればわかるでしょうに」

それは無視して、座り込んだ伊都美の隣に屈み込み、手を差し出した。

「大丈夫ですか」

「こ、腰がぬけました」

青ざめた顔で答えた。冴子は春菜と一緒に、警視を彼女の席まで連れて行く。床に落ちていた携帯を千紘が拾い、大きな机に置いた。

「すみません。着任早々、みっともない姿を見せてしまって」

謝る顔色はまだ、悪かった。

「クロノ、あんたが調子に乗るから。それに聞いてたわよ、あたしの悪口。時々こいつは馬鹿じゃないかと思うほど、なぁんて言ってたよね」

千紘は若い男性警察官――クロノの頭を叩いたものの、イタタタタと顔をしかめる。力加減が今もわからなくて、つい力を込めたに違いない。

「気にしないでください、本郷警視。わたしたちでさえ、こんな感じなんですよ。彼はひと月ほど前に配属されまして、新人研修の真っ最中です。役に立つときもありますが、まだまだ、邪魔をしていることの方が多いかもしれません」

冴子はさりげなく睨みつける。やさしい面のところで疑問をいだいたクロノに、冷ややかな目を向けたのだが、ＡＩらしからぬ人間くさい顔でそっぽを向いた。

「ごまかそうとしているんです。わざと自己紹介しなかったんでしょう。彼なりに考えて、これはまずいと思ったわけです」

続けて出た言葉に、クロノは不満そうな表情を向けた。

「気づくと思ったんですよ。すぐにわかるじゃないですか。人間にしては整いすぎた顔だとか、硬質的な皮膚の感じだとか」

「気づかなかったのは、わたくしのミスです」

伊都美は立ち上がろうとしたが、

「しばらく座っていた方がいいと思います」

冴子の助言に頷き返して、座ったまま一礼した。

(どこまでも律儀で生真面目。千紘にいじられそうだな)

冷静に判断している。

伊都美とクロノのやりとりは、ここに着くまでの間に携帯で確認していた。気を利かせた春菜が、備え付けの給湯室で茶を淹れて来た。新任警視のマグカップはまだないため、客用の湯飲みを使っていた。

「すみません。いただきます」

きちんと会釈して、湯飲みの茶を飲む。手の震えは止まっていた。

「お気遣い、ありがとうございます。クロノという名前ですが、もしや、ギリシャ神話のクロノスから取ったのですか」

三人に劣らぬ知識を疑問に変えた。

クロノスは、ギリシャ神話でゼウスの父とされている。世界の支配者だったが、ゼウスに覇権を奪われたと言い伝えられていた。一説には、黄金時代の王であり、人類に様々な幸福をもたらしたという。

「そうです。冴子、じゃなくて、片桐巡査長が付けたんですけど、クロノスは畏れ多いだろうという意見を、あたしと喜多川巡査が訴えてクロノに落ち着きました」

「小野巡査。わたくしの前であっても、ふだんどおりの呼び方でかまいません。気になってしまいますから、お気遣いなく」

お気遣いが、短い会話の中に二度も登場した。この分では、自宅や今までの仕事場でも、さぞかし周囲に『お気遣いして』いるのだろう。

「それでは、今までどおりにさせていただきます。本郷警視、パソコンをお持ちいただいたのであれば、出してください。クロノに繋(つな)ぎますので」

冴子が言うと口を開きかけたが、軽々しく口にするべきではないと判断したのかもしれない。伊都美は机に置いてあった鞄から自分のパソコンを出した。春菜が繋ぐ役目を買って出る。

「素朴な疑問なのですが、クロノのデータをハッキングされる懸念がありますよね。もちろんサイバー犯罪対策課にも、同じことが起こりうると思いますが」

伊都美は遅ればせながらという感じの不安要素を口にした。だからこそ、クロノを追跡班に置いたのではないかと、冴子は考えていた。

(試験的にやってみろと言われたけれど、外部からのハッキングなどが起きた場合は、クロノを追跡班ごと消滅させればいいだけの話だ。要はうちを潰す理由になると思い、お偉いさんのだれかが仕組んだこと)

浮かんだ事柄は胸に秘めた。返事が遅れたことを気にしたのだろう、伊都美の表情に翳(かげ)がさしたように思えた。

「考えすぎると動けなくなります。それで、わたしたちは彼を育てることにしたんですよ。先程、聞いたと思いますが、わたしたちも恩人に見出されて、警察官としての知識や武術、これには武器の扱いも含まれますが、育てられましたので」

「そうですか、いえ、そうですね。考えすぎると動けなくなりますよね」

伊都美の呟きは、自分に言い聞かせているような感じがした。これはある意味、相当、厄介な相手かもしれない。

(父はかつてレジェンド署長、上の兄は現役の優秀な警察官。おまけに二番目の兄は検察官ときた。ははあ、なるほど。なにかと騒ぎを起こす追跡班に女性警視を押しつけて、潰す腹かもしれないな)

そうすれば、伊都美は辞職せざるをえなくなるのではないだろうか。両親や二人の兄はもちろんのこと、周囲も結婚しろと助言するに違いない。警察官を辞め、本郷伊都美はまだ見ぬ男の妻にという流れが見えた。

(班を潰されてたまるか)

冴子は仕事に頭を戻した。

「クロノ。さっきの件はどうなった」

睨みつけるようにして訊ねる。

「さっきの件?」

注視を受けたせいか、声が小さくなっていた。

「ぽわわんとした名前の喜多川春菜が補足します。巡査長が訊いたのは、おそらく取調室で中西幸平が行った妙な手の動きについてでしょう。先程、調べるように連絡をしたはずですから」

皮肉まじりに春菜が言った。にやりと唇をゆがめている。

「あ、いや、そうです。連絡はいただいております。ええと、手話かもしれないという推測のもとに確認したところ、手話であれば『よろしく』という動きと考えられるのではないかと」

「『よろしく』か」

冴子は考える。

「だれかへのメッセージとして意図的に動かしたのか、たまたま似たような動きになったのか」

「前者だった場合は、所轄の内部に中西幸平、つまり、詐欺グループへの協力者がいるという結論になる」

春菜が素早く継いだ。

「所轄の警察官が、詐欺グループの手先だというのですか？」

腰がぬけていた警視は、静かに立ち上がっていた。立てるかどうか、自分なりに探りながらの動きに思えた。

「その可能性も視野に入れるべきだと思います。連中のやり口は巧妙ですからね。警察官自身が気づかないうちに、取り込まれていることも考えられますから。あくまでも可能性のひとつとして挙げました」

冴子は最後の部分に、伊都美を安心させるためのひと言を付け加えた。彼女の中には、警察官が悪党と手を組むなどという図式はないように感じられたからだ。

「非礼を承知で伺いますが、本郷警視。所轄でもかまいませんが、刑事部捜査2課の経験はありますか」

質問を向ける。

「いいえ、経験はありません。それから、わたくしは所轄でご奉公したことがないのです。本庁だけです」

ご奉公という古めかしい言い方は、ある意味、追跡班らしいかもしれない。三人の育ての親たちは、昭和レトロな表現を好むタイプだった。

「へえぇ」

と、口を開きかけた千紘の足を、冴子は軽く蹴りつけて黙らせた。「本庁一筋のエリートですかぁ」という皮肉が出るのがわかっていた。

「それでは、最近の詐欺については」

「事前にある程度の知識は詰め込んだつもりですが、あまり自信はありません。いたらない点は多々あると思いますが、ご教示いただければ幸いです」

　何度目かの辞儀を、三人は仕方なく受けた。

　目顔で「めんどくさいやつ。しつこいね」と千紘が告げていたが、それも足蹴りで静かにさせた。春菜は鳴る電話を、クロノとともに処理し始める。

「最近はさまざまな手口が出ていますが、基本にあるのは昔の詐欺が多いと思います。それを応用したり、さらに新たなものを加えたりした事案が……」

「新たなものを加えた事案の通報です」

　春菜が言った。

「板橋区の山崎恵介さんです。今夜、相手が来るという連絡があったとか」

「わかりました。すぐに向かうと伝えてください。千紘、着替えの用意とイメージをうまく作って」

「はい」

「クロノは空いているワゴン車と所轄の警察署への手配を。セダンタイプの面パトでは、着替えられないからね。春菜、手が空いたら詐欺の情報のプリントアウトをお願い。本郷警視に渡してください」

「了解です」

「あ、あの、わたくしはなにを？」

早くも緊張顔の伊都美には笑みを向けた。

「一緒に来てください」

にわかに慌ただしくなった部署で、それぞれが急いで準備する。鞄とコートを持った伊都美は、手持ち無沙汰な様子で突っ立っていた。

6

「山崎さんですか。片桐です」

冴子はワゴン車内で念のために電話を入れた。運転席には春菜、助手席には伊都美、そして、二人は後部座席で支度をしている。すでに着替えを終えた冴子に、千紘が薄化粧を施していた。

「これから伺いますので、よろしくお願いします」

短い会話で終わらせる。地味なスーツ姿はふだんどおりなのだが、いつもはパンツスーツのところをスカートに替えていた。助手席の伊都美は、シートベルトで苦しいだろうに、首をねじ曲げて凝視している。

「なんのための装いですか」

こらえきれないように問いかけた。

「犯人を捕まえるための変装です」

「それはわかっていますが」

「あとは現場に着いてからということで」

「さて、髪型はどうするか。市役所か区役所勤めという設定なんだよね。肩までのセミロングをひっつめ髪にしますか。わずかでも女性らしいお洒落をという気持ちから、チェックのシュシュを着ける、と」

千紘はブツブツ呟きながら、自分なりの人物像を構築している。演じるのは冴子だが、衣裳やメイクの段階から捜査は始まっていた。

「ねえ、本郷警視の歓迎会をやろうよ」

賑やかなことが大好きな千紘らしい提案が出た。

「賛成」

ぼそっと運転席の春菜が同意する。

「歓迎会？」

伊都美が驚いたように訊いた。

「わたくしの、ですか」

嬉しかったのかもしれない。目が輝いたように見えた。

「他にだれがいるんですか。ついでにクロノもと言いたいですが、重すぎてとても運べません。総勢四人の女子会ですね」

冴子の言葉を聞いた後、

「あ、でも」

不意に伊都美は口ごもる。身体ごとねじ曲げるようにしていたのに、前を向き、うなだれていた。

「なにか問題でも？」

冴子は訊いた。

「いえ、あの、三日ぐらい返事を待っていただけると助かるのですが」

消え入りそうなほどの声だった。相変わらず、うつむいたまま顔を上げようとはしなかった。ははーんと冴子は、ある推測が浮かぶ。

「かまいませんけれど……もしや、遅くなる場合には、両親の許可を得ないとだめなんですか。あるいは門限が定められているとか」

試しに投げた推測で、はっとしたように顔を上げた。

「そう、なんです。門限は九時に決められておりまして、それよりも遅くなる場合には、事前に両親や兄たちの許可を得るように定められています」

「なに、それ」

すぐさま千紘が、呆れたように言った。

「それじゃ、今まで一度も門限破りをしたこと、ないんだ」

道場破りのような、ちょっと規格外れの造語が面白くて、冴子はくすっと笑った。ルームミラー越しに、運転役の春菜が苦笑いしているのが見えた。目が合って、苦笑がよけい深くなる。

「一度だけ、あります」

伊都美は答えた。消え入りそうだった声が、聞き取るのがやっとになっていた。

「それで？」

おそらく義務感からだろう、あまり訊きたくないがという感じで千紘が訊ねた。

「午前零時を五分ほど過ぎてしまったのですが、母は寝ずに玄関先で待っていたのです。底冷えする夜だったのを今でも憶えています。もちろん翌朝、父にきつく注意されました。以来、門限は守るようにしております」

「そうですか」

千紘は、手鏡を掲げた冴子と目を合わせる。よけいなことは言うなと、小さく頭を振って示した。意図は読み取ったのだろう、

「それでは、三日後あたりに本郷警視の歓迎会ということで、よろしいでしょうか。ご両親及び二人の兄上様のご了解が得られた夜に、開きたいと思います」

珍しく真面目な顔で告げた。

（そういえば、男性俳優でいたな。何時に帰っても妻が起きて待っているのは、とてもいやだったと言ってたっけ。それだけが離婚した理由ではないだろうけれど、確かに起きて待っていられるのは負担だわ）

冴子は古い話を思い出している。聞いたときは「ただいま」を言う相手がいるのはいいんじゃないかと思ったのだが、働くようになって実感した。何時に帰れるかわからないのに、眠ることなく、玄関先に出て来られるのは辛いものがある。

「そうしていただけると嬉しいです。ただ、九時の門限が、せいぜい十時か、どんなに遅くても十一時に変更できるぐらいだと思いますが……それでも、わたくしはみなさんとお話しできるのが楽しみです」

屈託のない伊都美の返事に、冴子は問いを返した。

「本郷警視のご自宅は、本郷にありますが、もしや、昔は地主さんだったんですか」

「あ、今も地主だと思います、たぶん」

申し訳なさそうに、ふたたび、うつむいた。千紘はふたたび面倒くさい女だというような渋面になっていたが、冴子は逆に好感を持った。祖先が遺した財産を自慢することなく、むしろ恥じているように思えたからだ。

（まともだな。いや、まともすぎるかも）

うちで務まるのかと内心、案じている。どちらかと言えば、いいかげんな性格ぐらいの方がうまくいくように思うのだが……今まで三回も上司を追い出した張本人のひとりとしては、えらそうに言えた義理ではなかった。

「片桐巡査長の変装は本当に見事ですね」

伊都美は、タブレットで今までの化け具合を見ていた。特に昨日の午前中の老婦人は、出色（しゅっしょく）の出来といえる。あまり褒めると千紘は調子に乗るため、敢えて口にしないが、すべては千紘の腕がいいからだった。

遅ればせながら気づいたに違いない。

「小野巡査の特殊メイクが、それだけ素晴らしいのだと思います」

伊都美は言い添えて、ルームミラーを見上げた。

「シワやシミの描き方が、リアルすぎて恐いほどですね。このままもとの顔に戻らなかったらどうしよう。シワが消えなくなってしまうのではないかと、片桐巡査長は時々、不安になりませんか」

ミラー越しに疑問を投げる。

「はじめのうちは、そう思うこともありました。シミはそれこそ地（じ）の皮膚にまでは染み込みませんが、シワの跡が皮膚に残ってしまうのではないかと」

「変装マスクを取った後は、慌ててパックするんです。あたし以外は男勝りのメンバーですが、そういうとき、『あぁ、やっぱり冴子も女子なんだな』と感じたりします」

千紘が補足した。あたりまえのことを言うんじゃないと、冴子は手鏡を用いて睨みつける。千紘は舌を出して応えた。

「小野巡査は、毎朝、タロットカードで占いをすると聞きました」

伊都美は話を変える。髪型も整えられて、作業は終わりに近づいていた。どんな眼鏡を掛けるかと仕草で訊かれた。冴子はいくつかの眼鏡を試してみる。

「今朝は、どんなカードが出たのですか」

質問は続いていた。

「タロットカードは、二十二枚の大アルカナと、五十六枚の小アルカナから成り立つカードなのですが、今朝は大アルカナの中の一枚、十九番目の太陽が出ました。占い師によって解釈は微妙に異なるのですが、あたしの先生は太陽の意味を『生命』と考えます。生命力あふれる活発なカード、落ち込みがちなときでも明るく元気にいきましょう。みたいな感じですね」

千紘の説明を、冴子は受けた。

「それでは明るく元気に詐欺師を逮捕しましょう。嘘を騙らせるな、真実を語らせろ。行きます」

元気よく告げる。

ワゴン車は、通報者の家から少し離れた場所の駐車場に停止していた。

第2章　騙(かた)らせるな、語らせろ

1

その夜。

「なんだか緊張しますね」

通報者の山崎恵介が言った。中肉中背で年齢は六十八歳。なにかあってはいけないという配慮から、自宅にいるのは彼だけであり、妻子や孫たちは親戚の家に避難していた。山崎家の周囲には、目立たないように所轄の私服警官を配している。制服警官は警戒されてしまうため、遠慮してもらった。

さらに詐欺師と思しき者が来たときには、所轄から借りたバイクを使い、春菜に追跡役を頼んでいた。できれば二人での追跡が理想なのだが、慣れない伊都美をひとりにはできない。やむをえない単独行動である。

「そんなに緊張しなくても大丈夫ですよ。まだ、詐欺師かどうか、わかりませんから

ね。そうではないかという推測をもとにした動きですので」

冴子は、リビングルームの鏡に映る自分の姿を再確認していた。

今夜の変装は、山崎の姪で区役所勤めの四十二歳、既婚者で子どもは二人。素顔に近い乾燥気味の皮膚には絶妙な感じで目尻に縮緬ジワが入っている。額にもうっすらと横ジワ、さらに眉間には神経質な性格を示すための深い縦ジワが作られていた。

ほとんどノーメイクなのだが、唇にだけは淡い色付きのリップクリームを付け、わずかに女を捨てていないことを示している。それが山崎の姪という偽りの役から作り出された千紘の人物像だった。

「いや、おそらく間違いないと思います。昔、そう、一九七〇年代ですが、父はご近所さんと一緒に不動産屋が組んだバスツアーで現地へ見学に行き、これはいいとなって土地を買い求めたんですよ。『関東近県に首都移転の計画があるので地価が高騰する』と騙されましてね。栃木県の原野を約百七十平方メートル、三百五十万円で買いました」

山崎の説明は、他の被害者の話とほぼ同じだった。

原野商法である。

リゾート開発がある、首都移転、新幹線が通るなどと騙して、山林などを時価の数十倍から数百倍の価格で売りつける悪質なやり方だ。一九六〇年代からチラシなどで勧誘が行われて、七〇年代に社会問題化したが、被害の規模はわかっていなかった。

特殊詐欺追跡班は、逮捕した半グレが所持していた原野商法の古い名簿を手に入れたことから、片っ端から被害者に連絡して、注意喚起を促していた。そのうえで網を張っていたわけだが、見事に掛かったのではないだろうか。

冴子は手応えを感じていた。

「お母様は、売りたがっていたんですよね」

話を続ける。耳に装着したイヤホンから、詐欺師と思しき者が到着したという連絡はまだ、聞こえてこなかった。

「そうです。親父が死んだ後、おふくろも後を追うように亡くなったんですが、子どもや孫に負の遺産を残したくなかったんじゃないでしょうか。気にかけながら亡くなりました。一緒に土地を買った近所の人たちとは、疎遠になりましてねえ。やれ、おまえが勧めただの、勧めたのはおまえだろうだのと、責任のなすり合いのような有様になりまして」

「ほとんどが亡くなるか、引っ越したようですね」

冴子の問いに頷き返した。

「はい。泣き寝入りですよ。今回、刑事さんが来たときには、これも詐欺じゃないのかと最初は疑ってしまいました。確認して、ほっとした次第です」

「正しい対応です。警察官に化ける詐欺師もいますからね。疑りすぎるぐらいでちょうどいいのでは……」

無線連絡が入った。

「来たようです」

冴子が告げると、山崎の顔に緊張が走った。

「いよいよですね」

「いつもどおりを心がけてください。また、どんな好条件を提示されても、この場で即答してはいけません。後日、連絡しますと答えてください」

「わかりました。打ち合わせどおりにやります」

山崎の返事が終わる前に、インターフォンが鳴った。目顔をかわして、二人は玄関に足を向ける。すでに外の玄関灯と玄関の明かりは点けていた。山崎が三和土に降りて、鍵を開け、ゆっくり木製の扉を開けた。

「夜分に失礼いたします」

開口一番、男は言った。年は四十前後、きちんとスーツを着ていたが、スーツ専門店の品物だろう。ある程度の値段はしても高級品ではないように見えた。

(すでに写真を撮ったはず)

冴子は上がり框に膝を突き、男が廊下に来るのを待っていた。彼がここへ来るまでの間、気づかれないように追跡班が彼の顔を写しているはずだ。それを受け取った部署のクロノが、顔認証システムを使い、まずは犯罪者のデータと照らし合わせる。

「犯罪者リストには載っていません」

すぐに春菜の声が流れた。どうやら、まだ、うまく逃れているらしい。三和土にいる二人の男は、短い挨拶をかわして、山崎は名刺を受け取った。

「〈TAO不動産〉の井上靖男さんですか」

山崎が声に出して言った。おそらく偽名だろう。犯罪者のデータには載っていないのか、連絡は来なかった。

「はい。会社は栃木県にありますので、山崎様がお持ちの物件を扱うのに最適だと思います。それでご連絡を差し上げた次第です」

自称井上は不自然なほどの笑顔を作っていた。

「お嬢様ですか」

上がり框に座っている冴子を指して訊いた。目が合ったときに、小さな会釈も忘れなかった。有能な営業マンを装っているが、はたして、本物なのか。冴子同様、彼も化けているのだろうか。

「姪です。今日は親戚で入学の祝い事がありましてね。家族は出払っているんです。栃木の土地については、あまり家族には知られたくないので今日にさせていただきました」

　山崎の紹介を受けて、冴子はもう一度、会釈する。

「亡くなった親父は、負の遺産と知りつつ、わたしに栃木の土地を残しましてね。そういった流れから、今も名義はわたしになっているんですが、近々、彼女の名義に書き替える予定だったんですよ。それで来てもらいました。事実上の持ち主ですから」

　まさに打ち合わせどおりの流れを作った。冴子は山崎に渡された名刺を見、その場で山崎に返した。

「そうなんですか」

　井上は、冴子と山崎を交互に見やっている。姪が同席するのは、珍しいのかもしれない。疑問をいだかれるのは得策ではなかった。

「ログハウス風の別荘を建てたいんです。庭に畑や田圃を作って自給自足の生活をしたいんですよ。最近は地震だけでなく、風水害の心配がありますでしょう。不測の事態にそなえるには、自給自足の生活だと考えたわけです。そういえば、と、叔父が栃木に土地を持っていたのを思い出しまして、相談したんです」

　素早く補足した。どうぞ、と、冴子は立ち上がって奥の座敷に案内する。すべて打ち合わせどおりの流れだった。

「別荘ですか、いいですねえ。最適ですよと申し上げたいですが、まあ、ゆっくりお話しさせてください」

　井上は意味ありげに言い、にこやかな笑みを返した。六畳の座敷に案内してから、冴子は茶を淹れるためにキッチンへ行く。手早く茶の支度をしながら、井上靖男の名前を待機中の同僚に、あらためてメールで流した。写真と名前があれば、本人かどうかを特定できる。

　冴子は茶を載せた盆を持ち、素知らぬ顔で座敷に戻った。ようやく本題に入る流れができた。

「空茶（からちゃ）ですみません。叔父から連絡を受けたのは、昨夜だったんですよ。時間がなくてお茶菓子を買えませんでした」

「お気遣いなく。区役所勤めは、わたしのような職業と違い、安定しているので羨（うらや）ましいですね。残業もあるんですか」

　いただきますと仕草で告げて、茶を飲んだ。冴子がいない間に、山崎はあらためて区役所勤めの姪について話す段取りになっていた。

「あります。特にわたしぐらいの年齢になりますと、雑務が増えまして、残業をしなければ終わらないんです」

　冴子も腰をおろして、話に加わる。

「いずこも大変なのは同じですか」

井上は笑って、続けた。

「山崎様が所有していらっしゃる土地ですが、地名に表れていますように、もとは沼地だったんですよ。そこを埋め立てたわけですね。ただ、やはり、地盤が弱いというか。現在のままですと湿気がすごくて、家を建てるには不向きだと思います」

具体的な話に入ったようだが、「その前に」と冴子は異を唱えた。

「叔父が確認したかもしれませんが、念のために伺います。〈TAO不動産〉さんは、まさか、かつて原野商法を行った会社ではありませんよね」

「おいおい、疑り深いな。詐欺師がこんなに堂々と来るわけがないだろう。言うなればクズ物件をだよ、井上さんたちは買い取ってくれると仰っているんだ。いくらなんでも、失礼だよ」

山崎は、打ち合わせどおりに井上を擁護(ようご)する。味方だと思ってくれる方が、やりやすいからだ。

「申し訳ありません。心配になりまして」

冴子は深々と一礼する。

「いいえ、当然の疑問だと思います。昔の名簿をもとに、お邪魔しているわけですからね。それじゃ、その名簿はどうやって手に入れたのかとなる。まあ、そのあたりの詳細につきましては、不動産会社の伝手(つて)ということでご了承ください。実際、悪いやつがいるもんだと思いますよ」

井上は躊躇うことなく言い切った。真実の言葉なのか、演技なのか。冴子もにこやかな笑みを返している。山崎も自然な演技をしていた。

「話を戻しても、よろしいですか」

確認されて同意する。

「もちろんです。話の腰を折ってしまい、申し訳ありませんでした。現在のままだと湿気がすごいというお話でしたよね」

冴子は話を戻した。

「はい。うちでは買い取らせていただいたうえで盛り土をしまして、地盤を固める予定なんですよ。よし、これなら大丈夫となった時点で宅地として届け出ます。販売するのは、それからになります」

あくまでも誠実で良心的な業者という触れ込みだった。厄介なお荷物物件を売りたいと考えているシニアにとっては、飛びつきたくなるような提案に思える。

「ちなみに、いくらで買い取っていただけるんですか」

冴子もまた、区役所勤めの姪を装っていた。

「山崎様の場合は、八百七十万円の買い取り価格になります。お買い求めいただいた金額が、百七十平方メートルで三百五十万円ですので、二倍以上になりますね」

「八百七十万円ですか」

自然な感じで、冴子は山崎と顔を見合わせた。現状では使い物にならないクズ物件が、二倍以上の値段で売れるのならば、心が動くのではないだろうか。うまいところを衝いているように感じられた。

「叔父さん。今、土地の維持費はいくらかかっているんですか」

冴子は、しらじらしい問いを投げた。事前に詳細を聞いていた。

「管理費で年間、三万円。固定資産税が年間、四万円。合わせて七万円だよ。年金生活者には痛い出費でね。だからログハウスを建てたいと相談されたときは、渡りに船と思ったわけだ」

「また、疑り深いと言われそうですが」

冴子は前置きして、言った。

「買い取っていただくことに同意した場合は、費用がかかるんじゃないんですか。タダというわけにはいきませんよね」

話している途中でイヤホンに、春菜から連絡が来た。

「目の前の井上靖男は贋者(にせもの)です。運転免許証の写真とは別人でした。ご本人に確認したところ、三カ月ほど前に車上荒らしに遭い、免許証を盗まれたそうです。なお〈TAO不動産〉については、いちおう栃木県の所在地にありますね。ただ、どんな会社かはわかりません。調査中です」

終わると冴子は頭に手をやって、髪を直す仕草をした。それが詐欺師の可能性が高まったという合図だった。

2

「確かに費用は、少しかかります」

贋者の井上靖男は答えた。ややトーンダウンしたように感じられた。

「どういった費用なのか、教えていただけますか」

山崎が訊いた。

「売買するためには、うちの指定業者で測量する必要があります。費用に関しましては現時点では、いくらとは言えません。測量士さんが見積もりに伺ってからでなければ、正確な費用は出ませんので」

明言を避けたあたりに怪しさが滲んでいた。測量費用として四十万円前後、取られた挙げ句、今度は「整地のために三百万円、必要」と言い出す事案が続出していた。とてもそんな金額は支払えないと断ると、「土地を買い取るための融資が銀行からおりない」となって一方的に契約を破棄するのが常套手段だった。

むろん、それまで支払った費用は戻ってこない。

（測量詐欺か）

心の中で思いつつ、今度は冴子が訊いた。

「整地費用はかからないのですか」

これも打ち合わせどおりの流れだった。

「それは、うちが支払います。大手の不動産会社が、リゾート地として使いたいと言っているんですよ。まとまった広さが必要らしく、あのあたりの土地をまとめて買いたいという申し出なんです。それで、みなさんにお話ししている次第でして」

いかにも、もっともらしい話を出した。沼地を埋め立てた土地であるのは、山崎の父親が生前、確認している。湿気が多く、とうてい住めないとわかっているのに、毎年、七万円前後の維持・管理費を支払い続けていたわけだ。四十年で計算すると相当な額になる。

（二、三年、下手をすると数カ月ごとに会社名を変え、詐欺行為を繰り返す業者もいる）

断定はできないが、贋者の井上靖男は詐欺師と思われた。都内にも販売所と称して店開きしているかもしれない。はるばる栃木から来ているようには見えなかった。

（スーツのシワが少ない）

冷静に判断している。長い時間、車を運転したり、電車を乗り継いで来たようには感じられなかった。

　切り上げ時だと思ったのだろう、

「姪とよく相談してみますよ」

　山崎が告げた。

「わたしとしては、いい形で姪に渡したいと思っているんです。このまま漫然と維持費や管理費を払い続けるのは辛いですからね。長い目で見れば、測量費用をお支払いしてでも、買い取っていただいた方がいいのかもしれません。考えてみます」

「わかりました。ひとつだけ伺いたいのですが、山崎様と同時期に土地を購入された方がいらっしゃいますよね。記録では、このあたりのご近所さんでツアーを組んで現地に行ったとか。他の方々は、どうなさったんでしょうか」

　やけに詳しい質問には、原野商法リストなるものが存在していると思わざるをえなかった。どうせなら、まとめて面倒みましょうとばかりに企んでいるのが窺えた。次は、かつてのご近所さんの行く先を知っているなら教えてほしいと頼み込むかもしれない。

「さっき姪とも話したんですが、あのとき現地に行った人たちは、亡くなられたり、引っ越されたりして、もういないんですよ。うちと、あと一軒ぐらいだったかな。いや、あの家も引っ越したかもしれない。とにかく、他にはいませんよ」

段取りどおりに答えた。そこまで図々しいとは思えないがと断りつつ告げた事前の助言だったが、面の皮の厚さでは他の追随を許さないようだ。

「そうですか。いえ、もし、他にもおいでになればと思いましてね。お電話してみたのですが、繋がらない家ばかりでした。念のために伺った次第です。お手数をおかけいたしました」

名残惜しそうに言い、ようやく贋者の井上靖男は腰を上げた。冴子は山崎とともに、玄関まで見送りに出る。春菜は追跡を開始するべく、準備をしているはずだ。馬鹿丁寧なほどの挨拶を受けて、二人は家の中に戻った。

人の気配が消えるのを待っていたに違いない。

「あれでよかったですか」

山崎が声を発した。不安だったのだろう、声をひそめていた。

「上出来です。ここは寒いですから、お部屋に戻りましょうか。なぁんて、わたしの家みたいな言い方になりましたが」

冴子は労う意味もあって軽い口調になる。自ら先に立って、六畳の座敷に戻って行った。山崎も一緒に来る。

「お茶を淹れ直しましょうか」

申し出に、頭を振った。

「いや、姪の役はもう終わりですよ。刑事さんにそこまでやっていただくのは」

「温かいお茶を、わたしも飲みたいんです。少し冷えましたから。使う茶葉はこちらの家のものですから伺いました」

「それではお願いします」

「はい」

「妻たちに連絡してもいいですか」

「もちろんです。安心させてあげてください」

冴子は答えて、ふたたびキッチンに足を向ける。着けたままのイヤホンから、小さな声が流れた。

「本郷です。当初の予定では、喜多川巡査ひとりが追跡役を務めるはずでしたが、小野巡査も行くと言いまして、追跡役は二人になりました。ワゴン車を出たのは今し方ですが、追跡し始めていると思います」

千紘を引き止めた様子が、目に浮かぶようだった。小声の訴えはたやすく無視されてしまい、予定どおりに進まなかったことを悔やんでいるのではないだろうか。きちんとした性格が表れているように思えた。

「二台のバイクで行ったんですか」

茶を淹れながら訊き返した。

「そうです」

「二人の方が、見失う可能性が低くなります。本郷警視は少しの間、ワゴン車で待機していてください。取り次ぎ役がいないと困りますので」

「片桐巡査長が戻るまで、どれぐらい、かかりますか」

無線越しの会話だったが、伊都美の心細そうな顔が脳裏に浮かんだ。ひとりで対応して失敗したらと、落ち着かない気持ちになるのかもしれない。

「十分程度で戻れると思います」

「わかりました」

安堵した声ではなかったが、相手は三十八の大人、しかも上司である。冴子は気持ちを切り替えて、淹れ替えた茶を盆で運んだ。

「お疲れ様でした」

明るく呼びかけると、山崎は笑顔を返した。

「ご苦労様でした。すみませんね、二度もお茶を淹れていただいて。いただきます」

湯飲みの茶を飲み、ふぅーっと大きく吐息をついた。

「とりあえず、自分の役目は果たせたんだなと思い、ほっとしました。贋者の井上に気づかれなかったでしょうか」

「わかりませんが、うまくいったように感じています。でも、これでお金を取り戻せるわけではありません。ご協力いただきましたのに、山崎さんには骨折り損のくたびれもうけになってしまったと思います。申し訳ありません」

　座った姿勢で一礼した。

「謝らないでください。原野商法二次詐欺事件が、こうやって現実に行われているのを目の当たりにして、背筋が寒くなりました。せめてと思います。せめて、二度目の詐欺だけは防がないと」

「先程、贋者の井上が言っていましたが、ツアーで一緒に現地へ行ったご近所さんとは、連絡がつかないんですか」

　あらためて確認する。

「連絡はつきません。刑事さんがお見えになった後、わたしなりに確かめてみたんですよ。うろ憶えの記憶を頼りに、同道した方のお子さんやご親戚を探してみたりしたんですが、だめでした。みなさん、行方知れずです」

「そうですか」

　冴子はバッグを持ち、立ち上がった。

「不審な電話や訪問者があったときには、連絡してください。今回は本当にありがとうございました」

　暇を告げて山崎家を出る。少し離れた場所に停めたワゴン車に急ぎ足で向かった。

3

ワゴン車に近づいたとき、

「ここを動かないように言われております。すぐに戻って来ますので、あと少しだけお待ちください」

伊都美の訴えが聞こえてきた。駐車場の外灯の下、若い制服警官と年嵩の二人が尋問するような感じで立っている。対する若き女性警視は、黒いスーツがリクルートスーツに思えてしまい、就職したての新人警察官に見えた。あまりにも頼りなかった。被疑者を追跡する態勢になったことから、現場には最低限の警察官だけでいいと所轄は判断したのだろう。いつまでここにいるのかと、退去を促していたのかもしれない。

「本郷警視」

冴子は、わざと大声で呼びかけて走り寄る。

「警視？」

年嵩の制服警官が、冴子を見やった。駆けつけた方を警視と思ったのかもしれない。当惑したように、冴子と伊都美に目を向けていた。

小さく会釈して訊いた。

「どうかしましたか」

「いえ、あの、早く車を移動させるようにと言われまして」

「念のために山崎邸を見張るよう申しつけられています。現場に残るのは、我々二人だけと聞きました。早く立ち退いていただきたいと思い、お声掛けした次第です」

年嵩の制服警官は直立不動で告げた。結局、どちらが警視かわからなかったのか、冴子と伊都美の二人に敬礼している。若い相棒は右に倣えで真似ていた。

「ご苦労様です。すぐに動かします」

冴子は答えて運転席に乗り込む。伊都美は当然のように助手席へ腰を落ち着けた。シートベルトをする間もなく、

「応援要請」

イヤホンから、ふたたび春菜の声が流れた。

「要町通りを池袋方面へ走行中なのですが、十数台のバイクに囲まれています。贋者の井上を追跡し始めたとき、尾行の気配を感じたため、わたしが引きつけ役となりました。千紘は別ルートで井上が運転する車を追っています」

「了解。これから向かいます」

すぐにスタートさせる。

「警視、車の屋根に赤色灯を載せ、サイレンを鳴らしてください。それから所轄への

応援要請をお願いします」

「赤色灯」

忙しく首をめぐらせていた。

「後ろです。千紘は整理整頓が下手なので、座席の下に置いてあるかもしれません」

「ありました」

伊都美はシートベルトをするどころではない。身を乗り出して赤色灯を取り、窓を開けて屋根に載せた。

「ええと」

まごつくのを見ていられず、冴子がサイレンのスイッチを入れた。鳴り出したとたん、びくっと小さく身震いする。

「わたくし、初めてです、サイレンが鳴る車に乗るのは」

「そうですか。所轄への応援要請を」

「あ、そうでした」

もたつきながらシートベルトを着け、無線で応援要請した。たったそれだけのことなのに、大仕事をしたかのごとく、背もたれに身体をあずけている。横顔を見ても、やはり、二十歳前後の新人警察官としか思えなかった。

「わたくし、ワゴン車を運転したことがなくて、対応できませんでした。もともと運転は苦手なんですが、こんな大きな車は初めてで」

　初めて続きで疲れ気味なのか、あるいは落ち込んでいるのか。

「慣れますよ、すぐに。なんでしたら、時間が空いたときに、運転の練習をしますか」

　冗談半分だったのだが、「はい」と素直に答えた。

「習うより慣れろと言います。片桐巡査長にご指導していただけると助かります」

　緊張気味の真面目な顔に思わず苦笑いする。

「今日のタロット占いは、なんでしたか」

「太陽でした」

　伊都美は答えて、質問された意味を察したのだろう、

「そうでした。太陽は生命力あふれる活発なカード。落ち込みがちなときでも、明るく元気にいきましょう」

　声が大きくなっていた。

「そうしましょう」

「小野です」

　千紘の声が、無線機とイヤホンから流れた。冴子は運転しながらイヤホンを外して、話しかけた。

「今、どこ？」

ナビシステムで居場所を確認する。それぞれの携帯に取り付けられたGPS機能が役に立っていた。冴子はそれを使って、春菜の応援に向かっていた。

「池袋です。贋者の井上は、駐車場に車を停めて雑居ビルに入りました」

「そのまま出て来るまで待機。いちおう応援要請はしましたが、念のために小野巡査も要請してください」

「えーっ、それまで、ひとりで見張るの？」

千紘はいつもの口調に戻っている。

「わたしは現在、喜多川巡査の応援に向かっています。十数台のバイク集団に囲まれているらしく、危険かもしれません。小野巡査は贋者の井上を、マークしてください。そこが事務所であれば、自宅に戻るはずです。引き続き尾行してください」

「了解」

話している間に、ワゴン車は大通りに出ていた。春菜は千紘の後を追う形になっているため、ほどなく池袋に着くだろう。猛スピードで追いかけて来たが、間に合うかどうか。

「喜多川巡査は無事でしょうか。今時、暴走族なんて珍しいと思います。運悪く遭遇してしまうとは」

伊都美の呟きは、サイレンに掻き消されそうだった。

「運悪くじゃありませんよ。おそらく贋者の井上が、半グレを雇っていたんだと思います。バイクの連中は半グレのさらに下請けかもしれませんが、尾行者がいた場合は取り囲んで阻止しろとでも命じられていたんでしょう。その気配を感じていた喜多川巡査は、敢えて囮役になった」

「あ」

初めて気づいたというように、伊都美はルームミラーを見上げた。眼鏡の奥の両目は、なにを、どう言ったらいいのかという感じになっていた。

「贋者の井上は、ますます詐欺グループの一員という疑いが高まります。原野商法詐欺だと思いますが、この分だと他にも色々やっているんじゃないかと」

冴子は前方に意識を集中する。交差点へ近づくにつれて、複数の赤色灯が点滅しているのが確認できた。何台かのパトカーが停止しているに違いない。

「喜多川巡査。状況を伝えてください」

春菜を呼んだ。

「すみません、ご報告が遅くなりました。応援要請で駆けつけたパトカーの一台に、暴走族のバイクが衝突し、バイクが一台、転倒しました。今、救急車を呼んだところです」

「あんたは？　大丈夫？」

仲間うちの口調で確認する。

「無事です」

「パトカーの後ろに停めるから」

冴子がワゴン車を停止させる前に、救急車のサイレンが聞こえてきた。まだ規制線は張られていないが、三角コーンで事故現場を知らせ、制服警官が交通整理をしていた。横断歩道の真ん中でパトカーとバイクが衝突したらしく、バイクを運転していたと思しき若い男は道の端に運ばれていた。

「近寄らないでください。立ち入り禁止です」

ひとりの制服警官が前に立ち塞がる。どこかで見ていたらしく、春菜がすぐにこちらへ来た。

「わたしの上司たちです。警視庁特殊詐欺追跡班です」

警察バッジを掲げて告げた。

「上司？」

制服警官は真っ直ぐ冴子に目をあてた。冴子は同じように警察バッジを掲げ、隣に立つ伊都美を指した。

「本庁の本郷警視です」

警視の威力は絶大だったようである。

「こ、これは失礼いたしました！」

制服警官は敬礼して、衝突現場に案内した。

「直進していたバイクに、パトカーが衝突しました。交差点に差しかかっていたことから減速していましたが、バイクの左側に激突して相手は転倒。あのあたりまでバイクごと飛ばされました」

すでに制服警官が立つ交差点内の場所を指さした。倒れたバイクのタンク部分には、竜の模様が描かれている。制服警官の何人かが現場保全の役目を担っていたが、ちらほらと野次馬も集まり出していた。

「喜多川巡査は、小野巡査の応援に行ってください。わたしたちも、あとで合流します」

冴子はそばにいた春菜に言い、あらためて制服警官と目を合わせた。同僚は無言で頷き返すや、停めてあったバイクに走る。

「事故を起こしたバイクの運転手ですが、交番時代に会ったことが、あるかもしれません。バイクのタンクに描かれた竜に見憶えがあるんです。確認してもいいですか」

バイクを横目で見ながら申し出た。

「どうぞ」

制服警官は答えて、道路の端に向かった。若い男のそばにもまた、何人かの私服警官が付き添っている。パトカーに乗っていたのではないだろうか。かれらに説明してくれたのか、近づくことを許された。

「警視庁特殊詐欺追跡班の片桐です。後ろにいらっしゃるのは、上司の本郷警視」

冴子が告げると、全員、総立ちになって伊都美に挨拶する。その隙を縫って、怪我人の傍らに膝を突いた。

フルフェイスは外されており、ぐったりした様子で横たわっていた。バイクの左側から衝突されて右側が下になったまま、少し地面をこすりながら進んだのだろう。ジーンズのジャケットやズボンが、かなり破けていた。

「名前と住所を言えますか」

質問したが、茫洋(ぼうよう)とした目を彷徨(さまよ)わせるばかり。右手でジーンズのズボンの右ポケットを押さえていた。冴子はポケット内を確認してみる。

「携帯ですね」

隣に屈み込んだ伊都美が言った。

「これは、うちで預からせていただきます。精査が終わった時点で、すぐにお返ししますので」

冴子は立ち上がって、ワゴン車に足を向ける。所轄の返事を待たずにスマホを持ち帰ることにしたわけだが、幸いにも文句を言う者はいなかった。伊都美が乗るのを待って、ワゴン車の運転席に腰を落ち着ける。

4

「お知り合いなのに、怪我人に付いていてあげなくて、いいのですか」

伊都美は動き出したワゴン車の助手席から怪我人を見つめていた。しごくまともな言葉だったが、やはり、冴子はまともすぎると思った。

「あれは嘘です。わたしは怪我人とは、初めて会いました。一刻も早く情報を得るために、やむをえず真実とは異なる言動を取りました。理由は、所轄は追跡班に情報を渡したがらないからです」

追跡班が本庁に設けられたのは、わずか半年前のこと。多少、強引でも現場の主導権を握って、事件解決に導かなければならない。手柄を立ててあたりまえ、役立たずとみなされれば即刻、解散という流れなのは、いやというほどわかっていた。はたして、伊都美は理解できたかどうか。

「そう、ですか」

ちょっと寂しそうな横顔に見えた。

「『嘘を騙らせるな、真実を語らせろ』という追跡班のモットーが、わたくしはとても好きなのです。でも、当の警察官は嘘をつく……あ、すみません。よけいなことを」

批判になると思ったのか、途中で呟くのをやめた。運転しながら苦笑いを浮かべる。所轄の方角から鑑識係の車が来て、反対車線を通り過ぎた。

「綺麗事だけでは警察官は務まりません。それに『嘘も方便』と言うじゃないですか。スムーズに情報を得るには、必要悪と考えています。所轄同士は、あまり濃やかに連携しないんですよ。総括的と言いますか。事件を俯瞰で見るのが、警視庁特殊詐欺追跡班の仕事のひとつだと思っていますので」

「あぁ、確かにそうですね。四角四面に考えすぎて融通がきかないのは、わたくしの最大の欠点です。母や兄からよく指摘されるのですが、いまだにこんな感じなのです。いやになってしまいますね」

「喜多川です」

無線から春菜の声がひびいた。

「小野巡査と合流しました。わたしたちの居場所は、把握できていますか」

念のための確認が出る。

「大丈夫です」

冴子は自分の携帯を、伊都美に渡して確認してもらう。ふだん使う面パトであれば、ナビシステムにそのまま出るように繋いであるのだが、臨時のワゴン車ではそれができなかった。

「池袋駅の東口です」

伊都美はナビを操作して位置を示した。

「このあたりではないでしょうか」

「喜多川巡査。今、確認できました。すぐに向かいます」

冴子の報告を、春菜が受けた。

「贋者の井上靖男が、何階に行ったのかがわからないため、小野巡査がビル内に向かいました。どのオフィスかを現在、調査中です。わたしは二台のバイクともども、ビルの外に待機しています」

「大丈夫かな、千紘はおっちょこちょいなところがあるから」

独り言を呟き、ちらりと伊都美を見た。

「本郷警視。申し訳ないのですが、目的のビル近くに空いている駐車場があるか、急いで確認していただけますか。早く二人と合流したいので」

「わかりました」

すぐさまナビに空きのある駐車場を出した。冴子に携帯を返しながら、怪我をしたバイク男の携帯をあらためて見ていた。

「怪我人の方ですが、写真の数がとても多いのです。風景や動物、人物がほとんどですが、写真を撮るのが趣味だったのでしょうか」

伊都美の表現に、我知らず笑みがこぼれた。半グレかもしれない男も、怪我人の方と言われれば満足ではないだろうか。

「もしかしたら、あの男は『カシャカシャビジネス』の謳い文句に誘われて、半グレ集団に入ったのかもしれませんね」

「カシャカシャビジネスですか？」

若き警視が疑問を投げた。

「すみません、勉強不足で。聞いたことはあるのですが」

「謝らないでください、これから憶えればいいだけの話ですから。カシャカシャビジネスとは、スマホで撮った写真を、若者に人気の写真投稿――インスタグラムなどのSNSに投稿するだけでお金が稼げると謳った詐欺です。もちろん真面目にいくら送っても、お金は稼げません」

冴子の説明に何度も頷き返していた。

「よく考えつくものです。感心してはいけないのでしょうが、目のつけどころはいいのではないでしょうか。そういった才能を普通の仕事に向ければいいのにと思いますが」

「以前、詐欺師の老人が言っていました。『カモは死ななきゃ直らない』と。特殊詐欺班の金言のひとつです」

笑って、続ける。

「カモの条件とは、盗人の血が流れていることだそうです。物をタダで欲しがったり、平気で不正な取引をする性格の人間は、カモになりやすいとか。確かにシニアを集めてスーパーなどで高額な布団などを売りつける商法は、はじめに『無料の健康チェックをしませんか』と謳う手口が多いですよね」

「事前に渡された資料に、手口が載っていました。恥ずかしい話なのですが、うちの母はタダの物がとても好きなんです。健康診断はしてもらったことがあるかもしれません。そういえば、先日、布団にダニがいないか検査してもらったと言っていました」

不安になったのかもしれない。具体的な話が出た。

「それは詐欺商法の可能性が高いですよ。冷静に考えてみればわかるんじゃないですか。日常、使っていてダニがまったくいない布団などありませんから」

「そうなのですか」

伊都美は真顔になっていた。カモ予備軍もしくは、すでにカモ状態であるのは間違いなかった。

「そうですよ。完全に除去するのは、むずかしいはずです。洗った場合は少しの間、ダニはいなくなるかもしれませんが、使っているうちにすぐに現れるはずです。タダより高い物はないという格言を、いつも自分に言い聞かせていますよ」

話しながら地下駐車場にワゴン車を停めたとき、

「巡査長、クロノです」

無線機から留守番役の声が流れた。無機質な機械音ではなく、若い男性が話すような口調になっている。言われなければAIだとは、わからないだろう。

「なにかありましたか」

冴子は相手がAIでも丁寧に応じる。

「〈TAO不動産〉の井上靖男ですが、本名は工藤雄次郎（くどうゆうじろう）、年齢は四十歳。免許証の住所は池袋のワンルームマンションになっています。勤務先は〈TAO経営コンサルティング〉、会社の住所も池袋です」

「二つの〈TAO〉という会社の裏は取れていますか。反社会的勢力、あるいは半グレの集団なのか」

「まだ調べていません」

「調査結果は携帯にメールしてください。他には？」

「つい今し方、不審な通報がありました。偶然なのか、意図的なのか。『〈TAO経営コンサルティング〉会社に荷物を送ったので、そろそろ届くはずだ』という内容です」

クロノの新たな知らせに確認の問いを返した。

「通報は電話では、なかったのですか」

「違います。メールによる通報です」

「内容は『会社に荷物を送ったので、そろそろ届くはずだ』だけですか」

「はい」

「これも確認ですが、通報者は匿名、もしくはハンドルネームのような呼び名しか判明していないわけですか」

不審な通報という表現から導き出した質問だった。クロノは新人なのでまだ、完璧な会話はできない。もっとも千紘も似たようなものだが……。

「匿名でした」

「わかりました」

冴子は答えて、ワゴン車から降りる。足早に地下駐車場の外へ出て、同僚たちが張り込んでいるビルに向かった。

「密告でしょうか。届けられる荷物というのは、覚せい剤などの違法薬物といった品物でしょうか」

伊都美は隣を走っている。さほど脚の長さが違うとは思えないのに小走りになっていた。

「その可能性はありますね」

冴子は前方に立つ春菜を見つけた。応援要請をしたのかもしれない。二人の制服警官と話をしていた。中年と若い男性警官のコンビだった。

「上司です」

春菜が言うと、二人同時にこちらを見た。簡単に挨拶と自己紹介をしたが、中年警官は伊都美をじっと凝視(みつ)めていた。

「失礼ですが、本郷署長のお嬢さんですか」

躊躇(ためら)いがちな問いを投げる。

「あ、はい」

答えた警視もまた、躊躇いがちな返事をしたように思えた。署長にはお世話になっていた云々という話は無視して、冴子は問いかける。

「千紘はどこにいるの」

「四階。〈TAO経営コンサルティング〉がある階のトイレに籠もっています。ワンフロアに四つの事務所という造りで、他の会社は終業したらしく、明かりが点いているのは工藤雄次郎の会社のみになっています」

トイレに籠もっている千紘が、無線機越しに答えた。

「ちなみに、このビルは九階建てなので、凶。しかも四階でしょ。厄災を招きやすいビルだけど、詐欺師にはいいかもね。騒ぎが起きれば稼ぎになるから」

いつもの口調になっていた。クロノからの連絡は、ちゃんと聞いていたらしい。千紘は勝手に無線を切ったりすることがあるので要注意なのだった。

ビルは言うとおりに九階建てで、ノッポビルにあたるだろう。しかし、周囲に建つのは似たような建物ばかり。帰宅時間になったため、他のビルからも人が出て来た。

冴子は不吉な予感を覚えた。

（送られて来る荷物が、もし、爆発物だったら）

一般人の犠牲者を出したくないがゆえに、不審なメールをわざわざ送りつけたのではないだろうか。目的はあくまでも〈ＴＡＯ経営コンサルティング〉、もしくは工藤雄次郎であり、一般人を巻き込むのは不本意なのか。

「あと何人か、応援部隊を頼んだ方がいいかもしれないな」

小さな呟きだったが、春菜はすぐに手配りする。伊都美はこちらを気にかけていたが、なかなか解放してもらえないようだった。

「特殊メイク」

春菜がぼそっと告げた。

「あ、いけない。落とすの忘れてた。そうか。それで、あたしと本郷警視のどっちが上司なのかと見比べるような視線が多かったのか」

「メイクを落としても、上司がどちらなのかは迷うと思うけど」

褒めているのか、けなしているのか、よくわからなかったが、細かいことにこだわっていられなかった。

「閃きました。特殊メイクをしたままの状態を利用させてもらいましょうか。千紘がトイレに籠もる必要がなくなるかも」

冴子は、携帯で電話をかける。

5

「すみません。先程、叔父の山崎恵介の家で会った者ですが、井上靖男さんのお電話でよろしいでしょうか」

開口一番の挨拶を聞き、意図を察したに違いない。春菜は苦笑いを浮かべたが、ようやく制服警官から解放された伊都美は、不審な表情になった。

「どうして、贋者の井上靖男に連絡するのですか」

小声で訊いた警視を、春菜は唇に指をあてて制した。天然ボケで上司としての自覚や自信はないに等しく、一日過ごした後も、まるで新人のような印象を受ける。井上靖男こと工藤雄次郎が答えた。

「ああ、どうも」

声が沈んでいる。電話越しにも不信感がとらえられた。

「今、池袋駅の近くにいるんですよ。叔父がやはり栃木の土地は売りたいと言い出しましたので、気が変わらないうちにと思い、連絡いたしました。これから仮契約だけでも、できないでしょうか」

対する冴子は明るさを装っていた。怪しまれることなく〈TAO経営コンサルティング〉の事務所に入り込むには、この策が最高だ。

「池袋？」

工藤は訊き返した。不信感はいまや疑惑に変わっているのかもしれない。疑いを含んだ声だった。

「ええ。工藤さん、仰っていましたよね、池袋駅に東京の出張所を設けていると。いただいた名刺に電話番号と住所が記されていました」

嘘八百であり、もらった名刺には栃木の〈TAO不動産〉の電話番号と住所しか記されていなかった。しかし、池袋の名刺は渡していないとは断言できなかったのだろう。偽名を使う関係上、何種類かの名刺を持っているのはおそらく間違いない。

「そう、でしたかね」

記憶を探るような間が空いた。

「はい。池袋の名刺をいただきました。これから事務所に伺いたいのですが、ご都合はいかがですか。だめならば諦めて帰ります。わたしはどうせ池袋から電車に乗りますので、それほど面倒ではないんですよ。井上さんのご都合がよければ寄ってみると叔父には申しました。いかがですか」

「あぁ、そうですか。いいですよ。まだ事務所におりますので」

どこか茫洋としている答えだった。畳みかけるような展開や口調に、営業マンを装う詐欺師と思しき工藤は、押され気味の印象を受けた。

「では、これから伺います」

電話を終わらせて、冴子は言った。

「応援の警察官が来たら、このへんに並べておいて。パトカーも二、三台あると、さらにやりやすくなると思う。頃合いを見計らって事務所に来て」

「了解」

「あの、わたくしは」

遠慮がちに発せられた上司の問いには即答する。

「喜多川巡査や制服警官と、この場に待機してください。指揮官として睨みをきかせていただきたいと思います」

「指揮官」

伊都美の目が泳いだ。あきらかに動揺していた。

「いえ、あ、あの、片桐巡査長が……」

もごもごと口ごもった訴えは無視して、冴子はビルのエントランスホールに足を向ける。やりとりを無線で聞いたのだろう、トイレ籠もりをしていた千紘が、いったんエレベーターで降りて来た。

「待って」

エントランスホールの端に行き、抱えていた大きなバッグから特殊メイク用の化粧品を出した。手早く直し始める。

「働く女子は、どんなときも身だしなみが大事。疲れた顔を見せないようにという、自然な四十二歳に仕上げました」

折り畳みの鏡を広げて確認させた。

「上出来」

「あたしも一緒に行くから」

強引に乗り込んで来た千紘とともに、エレベーターで四階に上がる。

「伊都美ちゃん、不安そうだったね。無線越しでも『えっ、わたくしが指揮官?』みたいな顔が想像できたよ」

「上司だよ。本郷警視と言いなさい」

「だって、伊都美ちゃんの方が、しっくりくるもん」

エレベーターが四階に到着する。

「あんたは、トイレで待機」

「えー、またお籠もりかぁ」

言葉ほどいやがっていないのは表情に出ていた。四室あるうちの一室だけ明かりが点いている。エレベーターの扉が開く音に気づいたのかもしれない。工藤雄次郎が出て来る直前、千紘はトイレに隠れた。

「わざわざお越しいただきまして」

ありがた迷惑という感じに思えた。

「夜分にすみません。どうしても叔父が、今日中に仮契約だけでもしたいと言い出したものですから」

冴子は嘘の上塗りをする。着く前に叔父役の山崎恵介に確認の電話を入れていることも考えられた。注意深く表情を見たが、単にもう仕事の話——正しく言えば詐欺話をしたくなかったように思えた。

「課長です」

工藤は、奥のデスク前に座っていた男を紹介する。年は五十前後、立ち上がって短く挨拶したが、小柄で覇気のない印象を受けた。名前貸し程度のお飾り上司かもしれない。

「おかけください」

工藤はソファを勧めて、向かい側に腰をおろした。

「いや、それにしても急ですね。ここにおいでになるとは思っていなかったので、驚きました。わたしは栃木の名刺を渡したつもりだったんですが、ここの名刺でしたか？」

曖昧な記憶をいくら探っても答えは得られなかったに違いない。冴子の意外な訪れを、納得していない感じがした。

「はい。名刺は叔父に返しましたので持っていませんが、こちらの名刺でした。わたしは早く家に帰りたいので栃木の土地の話をさせてください。買いたいと言ってくれる人がいるうちに売りたいと、叔父は言っているんです。明日にでもまた、叔父と一緒にまいりますが」

売り急ぐ姪と叔父を装っている。

「仮契約をしたいということでしたが、ご覧になるとおわかりのように、今日はもう係の者が帰ってしまいまして、契約書を作成できないんですよ。後日、あらためて出直していただければと思います」

なにか怪しんでいるのか、気のない返事だった。間違えて名刺を渡したとしても、ここに直接、来る顧客は少ないのではないだろうか。課長もまた、落ち着かない素振りで立ち上がり、ブラインドの隙間から外の様子を窺っていた。

「なんだろうな。パトカーが停まっているぞ」

肩越しに工藤を見やる。身に憶えがありすぎる輩は、パトカーや制服警官と聞いただけで狼狽えるだろう。

「えっ」

案の定、工藤も立ち上がってブラインドの隙間から様子を見る。冴子は話を合わせることにした。

「そういえば、どこかのビルに爆発物を送りつけたという犯行声明があったと、テレビのニュースで聞きました。まさか、このビルじゃないですよね」

「え？」

工藤が振り返る。

「本当ですか。このビルなんですか」

「わかりません。ただ、届けられる荷物はチェックすると、エントランスホールにいた警察官が話していました。X線で荷物の中を見るらしいです」

冴子は嘘八百、嘘の上塗り、嘘、嘘、嘘でダメ押しをする。工藤は課長と窓際で聞き取れないほどの会話を始めた。

「早く出よう」

と、課長が言った。唇の動きを読んでいた。

「今、下に行けば怪しまれますよ。警察官が来たら堂々と対応してください。いいですか、堂々とですよ」

「わ、わかった」

課長の返事と同時に、扉がノックされた。工藤は慌てるあまり、机に腰のあたりをぶつけてしまい、顔をしかめる。

「わたしが」

冴子は言い、扉を開けた。

「警察です」

伊都美が警察バッジを掲げて告げた。が、冴子を見たとたん、安堵したように表情がゆるんだ。後ろにはトイレに潜んでいた千紘が立っていた。

（そんなに露骨にほっとしてはだめです）

心の中で呟き、肩越しに呼び掛けた。

「警察の方です」

とそのとき、エレベーターが開いて宅配便の台車が出て来る。旅行用の大型スーツケースを載せて押して来た。

「〈TAO経営コンサルティング〉の工藤雄次郎さん宛てです。ハンコかサインをお願いします」

宅配業者に本名を言われてしまい、工藤はあきらかに狼狽えた。

「あ、いや、工藤は今、出ていますので、わたしが受け取ります」

冴子を押しのけるようにしてサインする。

「なんだか鍵が壊れかけているみたいで開きそうだったんですよ。キャスター付きなので、そのまま押して来てもよかったんですが、開いたら困るので台車に載せました」

宅配業者はそう言いながら、台車から大型スーツケースを床に降ろした。次の瞬間、トランクがいきおいよく開いた。ゴロンッと不気味な音がして、床に人形のようなものが転がり出る。

「…………」

その場にいた全員が凍りついた。転がり出たのは人形ではない、男の遺体だったのである。金髪に近い茶髪と耳にはピアスをつけていた。冴子は素早く唇に手をあてたが、すでに息をしていなかった。喉に絞められたような痕がある。他にもいくつか気になる点があった。

（首に吉川線らしき引っかき傷。あと爪に皮膚片のようなものがはさまっている）

確認するのと、伊都美が座り込むのが重なる。

「きゃあぁ〰〰っ」

本日、二度目の腰が抜けた状態になるのと同時に、ゴンッという鈍い音がふたたび響いた。工藤雄次郎がその場に崩れ落ち、倒れた拍子に頭を床にぶつけた音だった。

女性警視は悲鳴を上げ続けている。

今日の捜査はまだ、終わりそうもなかった。

第3章　ハンドルネーム、天下人

1

「彼は、内山貴士です。年は二十歳」

工藤雄次郎は言った。昨夜、床に頭を打ちつけて失神した後、救急搬送されて点滴を打ち、事情聴取を行えるまでに回復していたが、顔色はあまりよくなかった。病院で一夜を過ごしたことになるわけだが、警察官の見張り付きでは熟睡できなかったのではないだろうか。目が充血していた。

「どこで知り合ったのですか」

冴子は訊いた。池袋の所轄の取調室で、後ろには春菜が控えていた。昨日、二度も腰がぬけた上司の伊都美は、今日になっても身体に力が入らないらしく、千紘と所轄の部署で取調室の映像を見ている。

今回の事件は、死体遺棄事件として捜査本部が設けられることになっていた。内山貴士は朝一番で司法解剖中だが、その結果を待って、おそらく殺人事件に切り替わるだろう。絞殺であるように思えるものの、自死の可能性もゼロではない。しかし、冴子は『スーツケース死体遺棄事件』が、『スーツケース殺人事件』になるだろうと推測していた。

「半グレ専門の人材派遣会社ですよ」

工藤は、驚くべき言葉を発した。

「半グレ専門の人材派遣会社？」

春菜が隣に来て訊き返した。それだけ驚きが大きかったに違いない。冴子の中ではいずれ現れるかもしれないと思いながらも、まさかと否定してきた部分があった。統制の取れていない凶悪な犯罪グループに強力な首領(ボス)が現れたとき、犯罪はどんな変化を遂げるのか。想像しただけで鳥肌が立ってくる。

「そうです」

工藤はむしろ淡々と語った。

「盗みひとつ取っても得意分野があるじゃないですか。むずかしい鍵でも開けられる鍵師、高層マンションオーケーのスパイダーマン野郎、運転技術や車の知識に卓越(たくえつ)した才能を持つ車フリーク等々、用途に応じて頼むわけです。最近ではＡＩ、人工知能関係の人材が人気でしてね。頼んでも簡単には派遣してもらえません」

「内山貴士は、なにが得意だったのですか」

冴子は驚きを隠して聴取を続ける。

「彼の場合は名簿関係ですね。金持ちや小金持ちのシニア、若い成金長者、インターネットで羽振りのいいネット長者等々、多岐にわたるゴールドカモリストを調達できると豪語(ごうご)していました」

金メダル級のおいしい標的(カモ)を、ゴールドカモリストと呼んでいるらしい。事実、ネットで派手な動画をアップしていた人物が、餌食(えじき)になった事件も起きていた。

「なるほど。内山の伝手(つて)で昔、原野商法に引っかかった人たちのリストを手に入れたわけですか」

射るような眼差しを、どう受け取ったのか。

「仰るとおりです」

工藤は畏(かしこ)まって答えた。

「内山から原野商法で騙された人のリストを手に入れました。で、『原野商法リフレイン詐欺』を目論(もくろ)みましたが、たいして稼げずに終わっています。山崎さんの件も含めて、これからだったんですけどね」

表現がおかしくて思わず苦笑を滲ませる。横文字や片仮名を入れればいいというものではないだろうに……あるいは、多少なりとも罪悪感がやわらぐのか。

苦笑に気づいたのだろう、

「おかしなことを言いましたか」

工藤は真面目な顔になっていた。

「いえ、リフレイン詐欺という表現が、ちょっと気になっただけです。ほとんどの詐欺には原型と言いますか。昔あったやり方を踏襲（とうしゅう）しているものが多いと思います。すべてとは言いませんが、かなりリフレイン詐欺になるのではないかと思いまして」

「そうか。それで笑ったんですか」

答えながら、じっと冴子を見つめている。聴取を始めたときからそうだったが、山崎恵介の姪に化けたあれが引っかかっているように感じられた。

「わたしの顔に、なにかついていますか」

素知らぬ顔で問いかけた。

「え？」

「先程から、わたしをじっと見ては首をひねるので気になりました。あなたの言葉を借りると、リフレイン首ひねりですね」

「あぁ、すみません。既視感（デジャヴ）ですかね。刑事さんとはどこかで会ったことがあるように感じまして、さっきから何度も考えているのですが、どうしても記憶に結びつかないんですよ。逆にお訊きします。どこかで会いましたか」

会ったのは昨夜、板橋区の山崎恵介の家だ。おそらくは原野商法のカモリストに載っていたであろう山崎が叔父役を務め、冴子が姪の役柄を演じたが、正体を明かす気持ちはない。それだけ千紘の特殊メイクの技術が素晴らしいという証だった。

「いいえ。お目にかかるのは、今日が初めてです」

きっぱり言い切って、続ける。

「話を戻しますが、半グレの人材派遣会社について教えてください。社長、ボスの名前はわかりますか」

昨夜の段階で〈TAO経営コンサルティング〉と〈TAO不動産〉の社員からは、任意で携帯やパソコン、書類といった証拠品を提出してもらった。工藤が詐欺をするつもりだったと認めたことから、現在は押収品に変わっているが、携帯とパソコンは今も調査中だ。

「詳細はわかりません。参考にはならないでしょうが、ネット内でのやりとりで使われていたハンドルネームは『天下人』でした。すでに変わっているかもしれませんけどね」

「天下人ですか」

またもや苦笑が滲んだ。天下統一を実行したとされる織田信長にあやかりたい気持ちがあるのだろうか。統制の取れた半グレグループのことなど考えたくもなかった。

「内山貴士とは、いつからの知り合いですか」

「二週間ぐらい前だと思います。手をつけていない真っ新なリストだと言っていたのに、蓋を開けてみればこれですから」

今度は工藤が苦笑いを浮かべる。

「やりにくくなりましたよ。電話の営業は、特殊詐欺の横行で怪しまれるようになりましたからね。電話をかけても、なかなか話に乗ってきません。それで直接、訪ねるようにしたんです。内山が持って来たゴールドカモリストは、すでに押収したんでしょう？」

「はい」

短く答えて、できるだけ情報を与えないようにした。

「内山貴士も営業をしていたんですか」

「していました。雇うわけですから働いてもらわないとね」

「事務所にいた課長は、お飾りですか」

一歩、踏み込んでみた。小柄で頼りなさそうな印象を受けたが、もしや、という可能性もある。あの課長こそが、天下人というハンドルネームを持つ男ではないのか。名義貸しを押しつけられた雇われ課長のふりをして、逃げ切る企みなのではないか。

「その件は黙秘します」

　急に工藤の表情が変わった。

「課長の話は禁忌（タブー）ですか」

　鋭く切り込んだ。

「彼こそが天下人じゃないんですか。真実を話すと、内山貴士のようになると思っているのではありませんか」

　あるいは、工藤が天下人なのかもしれない。彼の一挙手一投足に集中している。

「知らないんですよ、課長がどこの、だれなのか。名前や年齢、住所も本当かどうか、わからない。信じてもらえないかもしれませんが、こんな仕事をやっているせいで人を信じられなくなりました。課長とは、ひと月ほど前に会ったばかりです」

「内山貴士とは二週間前で、課長とはひと月ほど前ですか」

　繰り返すことで疑惑をちらつかせたが、工藤の表情に大きな変化はなかった。

「そうです。天下人の指示で池袋の事務所へ行き、はじめましてと挨拶した後、上司と部下になりました。それだけの関係です」

　虚しい関係を端的に言い表しているように思えた。とはいえ、そうですかと切り上げるわけにはいかない。

「確認します。あなたの話が真実だと仮定した場合、池袋の事務所で〈ＴＡＯ経営コンサルティング〉を開いたのは、約ひと月前となります。間違いありませんか」

「はい。その前に栃木で〈TAO不動産〉を始めました。現地に販売所を設けようと思ったんでしょう。形だけですけどね。地元の不動産屋に間借りする形で、始めたのは三カ月前ぐらいだったと思います。今回と同じく天下人の指示でした」

「我々は『原野商法二次詐欺事件』と名付けましたが、要するに、測量詐欺ですよね。売るためにはまず〈TAO不動産〉が指定する測量士に、土地を測量してもらわなければならない。それがいやなら売ってあげられません。そんな感じですか」

「まあ、そうですね」

「測量費用は、どれぐらいだったんですか」

「四十万前後です。だいたい測量って、それぐらいですよ。土地の広さとかもあるかもしれませんが、あまり関係ないような気がします。都内の土地なんかを測量する場合も、四十三万だったかな。似たような金額でした」

「でも、測量なんかしないんでしょう?」

冴子は笑って、訊いた。

「測量したことにして四十万前後、奪い、あとは逃げる。約ひと月の間に、何件ぐらいやりましたか」

「笑いながら、鋭いところを衝いてきますね」

工藤は苦笑を返した。

か。

「十件、いや、正確には十一件です。山崎さんの契約が決まれば、十二件でした」

契約と敢えて言ったのは、まともなビジネスだと無意識のうちに言い聞かせているのかもしれない。あくまでも普通の会社だと思い込まなければ、やれないのではないか。

「わずかひと月で、四百四十万ですか。で、あなたの取り分は？」

「十パーセントの契約でしたので、もらったのは四十万ちょいですね」

黙秘しますと言いつつ、けっこう内幕を明かしているように感じられた。それとも、すべて演技なのだろうか。会話を重ねるごとに、つかみどころのない男という印象が強くなってくる。心を読ませなかった。

(工藤雄次郎は、要注意被疑者だな)

頭の隅にとめて質問する。

「任意同行されなければ、だいたい何カ月ぐらい続けるんですか」

「長くても三カ月ですね。稼いだら別の町に行き、そこでまた、原野商法をネタにした詐欺です。北海道、東北、関東近県と、原野商法詐欺は広範囲にわたっていますからね。場所を変えれば、うるさい警察の目も欺きやすい。横の連携って言うんですか。日本の警察はアメリカのＦＢＩみたいに、密に連絡を取り合わないでしょう。お陰で我々はやりやすいですよ」

えらそうに警察への批判まで口にした。

「わたしも同じ気持ちでした」

冴子は同意した後、

「そういったことがあったので、警視庁捜査2課特殊詐欺追跡班を立ち上げたいと思ったのです。騙された結果、生活費をすべて失い、自死を選んでしまった方もいます。財産だけでなく、失わなくていい命までをも失った。この世からすべての詐欺をなくすのが、わたしたちの願いです」

真っ直ぐ目を見て言った。

「……そうですか」

工藤は一拍、置いて、答えた。ふと手が妙な動きをする。それは手話で「よろしく」と告げる仕草に似ていた。

「………………」

冴子は一瞬、言葉を失った。

一連の強盗傷害事件の三件目——江東区で起きた強盗未遂事件の犯人、中西幸平が同じような動きをした。

気づいた？

とでも言うように、春菜が軽く肩を叩いた。冴子はかすかに頷き返して、逡巡(しゅんじゅん)する。偶然だろうか。たまたま似たような動きをしただけなのか。

「事件とは関係のない質問になるかもしれませんが」

前置きして、切り出した。

「工藤さんは手話を習ったことがありますか」

「え？」

怪訝な顔になる。冴子は早口で継いだ。

「すみません。ちょっと気になっただけなんです。関係ない話を……」

「手話を習ったことはありません。習いたいと若い頃に思ったことはありますがね。意外に思われるかもしれませんが、大学を卒業した後、そういう施設に勤めていたことがあるんですよ。英語を学ぶよりは簡単かなと思ったりして」

何度目かの苦笑いを浮かべた。

「どちらも簡単ではないでしょうね。そうだ、今、ふと気づきましたよ。刑事さんの声、山崎さんの姪御さんに似ているんだ。それでかな。既視感みたいなものを覚えたのは」

探りを入れるように凝視している。やはり、詐欺師だと思った。気をゆるめるような話をして、不意に確信を衝いてくる。

（質問の仕方が巧い）

扉がノックされたため、交代なのだろうと判断して、机の上の書類を纏めた。

「あとは所轄の警察官が続けます」

冴子は立ち上がって、春菜と一緒に取調室を出る。

2

「お疲れさん」

取調室の外で待っていたのは所轄の警察官ではなく、警視庁捜査１課の課長、佐古光晴だった。後ろには三十前後の若手を随えている。佐古の年齢は五十一、精悍な顔つきやラグビーで鍛えた長身が、警察官と自己紹介されたときに納得せざるをえないような迫力を放っていた。

（宿敵のご登場ですか）

皮肉なことを思っている。千紘と伊都美は近づいて来ようとしたものの、少し離れた場所で足を止めた。若き女性警視は昨日の後遺症からだろうか。老人がよく使うシルバーカーを使っていた。服装は今日も黒いスーツにローヒールの黒いパンプスで、警視の隣には制服姿の千紘が立っている。二人とも不安そうな顔をしていた。

「特殊詐欺追跡班は部署を間違えているんじゃないのか。追いかけるのは死体じゃなくて、詐欺師だろう。なにを勘違いしているのやらだ。確か部署を立ち上げて半年ぐらいだと思うが、今回ので二件目だな」

佐古は辛辣だった。部下からは仏と慕われているが、追跡班に対しては非常に厳しい目を向ける。挨拶しようと思ったのだろう。シルバーカーを押して近づこうとした伊都美を千紘が止め、ふたたび立ち止まった。

「はい」

冴子は短く返した。よけいな話をしたくなかった。

「また、猿芝居をやったのか」

手厳しい物言いは続いている。

「特殊メイクを施して行う捜査を猿芝居と仰るのならば、そうです。ですが、素顔を知られないのは、捜査にとっては利点であると思います。佐古課長におかれましては、色々意見がおありでしょうが、わたしたちは追跡班のやり方で、犯人逮捕に結びつけたいと考えています」

「相変わらず口が達者だな。優秀な師匠たちの仕込みがいいと見える。付け入る隙を見出せないよ」

鼻で笑った。

「とにかく死体との遭遇は二度目だ。死体追跡班の意見を、いちおう賜りたいと思うんでね。明日の午前中、所轄で行う捜査会議に出席しろ」

出席できるかではなくて、あきらかに命令だった。

「わかりました。これはまだ、断定できないのですが、シニアを狙った一連の強盗傷害事件。直近の事件は江東区で起きましたが、犯人のひとり、中西幸平と工藤雄次郎は繋がりがあるかもしれません」

手話のような曖昧な動きだけが、二人の共通事項だったので言い切るのは避けた。裏付けを取ってからでなければ、佐古には報告できなかった。

「二つの事件の犯人は、同じ半グレグループに属しているかもしれない。それが片桐巡査長の推測か？」

佐古は盆暗ではなかった。無駄な質問を省き、要点だけを問いかけた。

「班員の意見です」

冴子もまた、自分ひとりの手柄にはしなかった。もっとも、裏付けが取れない限り、手柄にはならず、非難の目が向けられるのは必至。ミスは許されなかった。

「明朝の捜査会議までに間に合うのか」

「少しむずかしいかもしれませんが、可能な限り急ぎます」

「わかった。取り柄は猿芝居だけではないことを知らしめるためにも、早急に優れた仕事ぶりを披露してほしいものだ。ところで」

と、佐古は肩越しに伊都美を見やる。

「シルバーカーを愛車にしている女が、レジェンドと今も呼ばれる本郷元署長の娘か？」

「はい」

「なぜ、シルバーカーを使っているんだ」

「初出勤のときに体調をくずされました。身体に力が入らないため、あれがあると楽なのではないかと」

「死体を見て腰をぬかしたという話は事実なわけか」

再度、鼻で笑ったが、今度は侮蔑の表情になっていた。冴子はそこまで言うのですかと、無言で抗議する。佐古はその訴えに気づかなかったのか、

「よりにもよってという感じだな。まあ、腰抜け警視と死体追跡班という組み合わせは、絶妙かもしれんがね」

刺さる言葉を続ける。

「厄介払いには、ちょうどいい部署なんだろう。追跡班ごと消滅させたいという警察庁と警視庁の思惑が見えみえだ。もっとも勇退した本郷元署長は班が消滅する時期に、娘の寿退社を望んでいるだろうがね」

ご親切に警察庁と警視庁の本音まで囁いた。

「ご忠告、ありがとうございます。肝に銘じます」

一礼すると、佐古は若手とともに取調室に入って行った。工藤雄次郎の尋問を行うのだろう。いなくなるのを待っていたに違いない。

「ずいぶん失礼な方ですね」

伊都美が近づいて来た。シルバーカーを押す横に千紘が付き添い、腰がぬけるような事態が起きた場合にそなえていた。

「口調がまるで昔の鬼軍曹を髣髴とさせます。本庁の捜査1課長になるぐらいですから、さぞかし優秀なのでしょうが、言動は学び直す必要があると思いました。非礼どころか、無礼です。片桐巡査長は、よく我慢しましたね」

「慣れてますから」

横から千紘が言った。

「そうなのですか」

「はい。父親なので」

二度目も千紘が答えた。

「ああ、そうでしたか」

と、受けた後、

「えっ⁉」

伊都美は絶句した。千紘に目を向け、頷き返されると、二度目に春菜、そして、最後に冴子に視線が移る。

「佐古課長は、わたしの父親です。義父や養父ではなく、血の繋がりのある実の父です。わたしの母親は夫婦別姓の主義だったので、わたしは小学生のときに父の姓を捨て、母方の姓を選びました。理由は、父がきらいだからです」

「あぁ、そうですか」

なんとか応じたものの、伊都美は腰くだけ状態になる。千紘が素早くシルバーカーを動かして、座面に座らせた。

「ここに座って」

「すみません。初出勤の日に続いて、三度目の失態になりました。万が一を考えて祖母のシルバーカーを一台、借りて来たのですが、小野巡査のメールに従い、不測の事態にそなえたのがよかったようです」

伊都美の言葉を、千紘が補足する。

「今朝の占いでは『塔』が出たんです。カードは占い師によって微妙に異なる読み方をしますが、わたしの場合、塔の意味は組替え。予期せぬ出来事が起きる、不測の事態が起きたときにそなえると読みます。いやな感じがしたので早朝でしたが、すぐ本郷警視にメールしました」

目をクリクリさせながらの得意顔になっていた。腰がぬけるなど取るに足りない事態と思われがちだが、座り込むだけでなく、倒れたときに頭でも打ったら最悪のことになりかねない。事実、先程、聴取した工藤雄次郎は、床に頭を打ちつけて救急搬送された。

「あんたにしては、的確な配慮でした」

「あんたにしてはって、なによ。あたしはいつも外さない的確な女よ。それにしても、伊都美ちゃん。派手なシルバーカーだねぇ。デコトラならぬ、デコシルバーカーか。竜に虎、朱雀に亀と、四神を綺麗に刺繡してるじゃないですか。見るからに高そう」

「小野巡査。言葉遣いに気をつけてください」

冴子の注意に、伊都美は小さく頭を振る。

「今のままでかまいません。みなさんの仲間に入れていただいているようで、わたくしは嬉しいのです」

「公の場では困ります。本郷警視を軽く見られるのはすなわち、追跡班を軽く見られることですから」

「了解です」

千紘は敬礼して言った。

「公私をうまく使い分けるようにします。四人＋一、この場合の一は、クロノのことですが、部署にいるときや、お食事処の場合は個室での食事においてのみ、仲間うちの話し方にさせていただきます」

お食事処という昭和レトロな表現は、佐古が言うところの『優秀な師匠たち』の影響がある。彼女たちとの会話には、普通に昔懐かしい表現が使われていた。

「小野巡査。先程の話に出たデコトラとはなんですか」

伊都美が思い出したように問いかける。

「デコレーショントラックのことです。ド派手な飾りつけをして、キンキンキラキラさせながら走っている大型トラックがあるじゃないですか。あれのことをデコトラと言うんです。わたしからも、ひとつ質問があります。おばあちゃんから借りて来たって仰っていましたが、おばあちゃんは困らないのですか」

舌を嚙みそうになりながらも、どうにか公的な口調で話した。

「ご心配、ありがとうございます。でも、大丈夫なんですよ。祖母は何台も持っているので、一台ぐらいなくても不自由しません」

「そうですか。話は変わりますが見てください、片桐巡査長の耳。きらいな父親にそっくりの耳なんですよ。やっぱり父娘だなぁって思いますよね。ＤＮＡをしっかり受け継いでいます」

耳朶を引っ張る千紘の手を振り払い、冴子は真面目な顔で告げた。

「警視、ここで臨時の班会議を始めたいと思います。内々の口調になりますが、よろしいですか」

　伊都美の顔が引き締まる。

「異存ありません」

　バッグから手帳を出して、メモの準備をした。三人は立ったまま、シルバーカーを取り囲んだ。

「あたしと春菜は工藤の奇妙な動きに気づいたんだけどさ。千紘はどう？」

「奇妙な動きって？」

「これ」

　春菜が手話の「よろしく」を再現した。

「そんな動きしてたっけ」

「してた」

　春菜が携帯の画面を見せる。録画されていた工藤の聴取の様子が、すぐに映し出された。

「ほんとだ。中西幸平だっけ。あいつも似たような動きをしてたよね」

「していました」

　継いだのは、伊都美だった。自分の携帯を見ている。冴子は部署のクロノに連絡して、二つの動きを重ね合わさせてみた。違う人物であるうえ場所も違うため、完全には重なり合わないが、動きが似ているのは見て取れた。

「ほぼ同じ動きと言えますね」

呟いた冴子に、他の三人は頷いて同意する。中西幸平は強盗傷害事件、工藤雄次郎は原野商法二次詐欺事件であり、直接の結びつきはないように思えるが、二人とも半グレという点で一致するのではないだろうか。

「ハンドルネーム、天下人。もしかすると、中西と工藤は半グレ集団のボスと繋がりがあるのかもしれないな」

冴子は携帯でクロノに指示する。

「追跡班が担当した事件ではないですが、過去に手話を用いた悪質な詐欺事件が発生していると思います。末端の半グレと思しき何人かが任意同行されました。いつ、どこで起きた詐欺事件なのか、逮捕された被疑者の姓名、現在はどうしているのか。出所しているのか、そうであれば現在の住所はどこなのかといった調査をお願いします」

「了解しました」

クロノが答えた。彼が留守番役を務めるようになってから、部署にひとり詰める必要がなくなり、楽になっている。濃やかに命令しないとクロノは働かないが、勝手に動かれて仕事を増やされるよりはずっとましだった。

「それでは、これから裏付け調査に向かいます」

冴子の提言で追跡班は次の捜査を始める。所轄の駐車場に着くまでの間に、クロノから結果が送られて来た。

3

「素早い調査、ありがとうございます。手話詐欺事件に関しては、新たな事柄が判明した場合、連絡してください。よろしくお願いします」

冴子は、1号車の覆面パトカーの運転席でクロノに答えた。伊都美は助手席に乗り込み、それを手伝った千紘と春菜はもう一台の面パトに乗る。2号車の運転役は春菜で、伊都美のシルバーカーは、1号車のトランクに収められていた。

「手話詐欺事件の被疑者のひとりは、三善雅也（みよしまさや）、二十一歳。墨田区の実家は、〈サンゼン修理工場〉という自動車修理工場を営んでいるのですね。姓は『みよし』と読み、会社名は『サンゼン』と読むらしいです」

伊都美がクロノからの調査結果を読み上げる。冴子が面パトをスタートさせると、2号車も後に続いた。

「外車の修理を得意としている工場であることが、ホームページに載っていたようです。車検も取るようですね。日本車に比べればあきらかに台数が少ないと思いますが、経営が成り立つのでしょうか」

自問のような警視の言葉を受けた。

「外車の修理には、特殊な技術が必要になります。〈サンゼン〉はそれを売りにしているのでしょう。二十代から四十代は車を買わなくなっていますので警視が仰るとおり、総体的に見た場合、外車の台数は少ないかもしれません。ですが、小さな町工場の経営ならば成り立つように思います」

「町工場のことも勉強しているのですか」

質問に答える。

「必要を感じた事柄は、調べるようにしています。大企業はそれほどでもないでしょうが、中小企業はずっと厳しい経営状態が続いています。そのため大掛かりな詐欺、例えばどこかの国で油田開発が進んでいるから投資しないかといったような、一千万単位の投資話に引っかかったりするんです」

「経営者がですか」

「はい。うちで扱っている事案で実際に起きているんですよ。同時進行で調査しますが、今日はとりあえず『スーツケース死体遺棄事件』です。話が逸れましたね。すみません。続けてください」

「続けます。現在、三善雅也は実家に住み、修理工として働いているようです」

「半グレグループに重宝される職種ですね。車の調達や運転といった役目を、他の事案でも行っているかもしれません。前科はどうですか」

「補導歴がありますね。未成年のときに強請りや暴行容疑で少年課に何度か補導された過去があります。親御さんは手堅い仕事を営んでいるようですのに、どうして、非行に走ったのでしょうか。悪い仲間に誘われたのでしょうか」

「かれらの目的は金です。遊ぶ金ほしさに、軽い気持ちで加わった可能性が高いですね。簡単に稼げるため、真面目に働くのが馬鹿らしくなるのでしょう。今の若い連中は、悪いことをしているという感覚が薄いんですよ」

冴子の答えを聞き、伊都美はくすっと笑った。

「おかしいですか」

笑った理由がわからなくて訊いた。

「すみません。わたくしから見ると、巡査長たちは、これから会う三善雅也と同世代です。それなのに『今の若い連中は』などと仰るので……老成しているというか。片桐巡査長と喜多川巡査は人生を悟っているような印象を受けます」

「小野巡査は、老成していませんか」

今度は冴子が笑った。

「あ、いえ、決して馬鹿にしたわけでは」

「わかっています。千紘は無邪気で年相応、いえ、幼いぐらいですね。でも、彼女は追跡班のムードメーカーです。わたしと春菜だけだと話がまったく盛り上がらないんですよ。時々暴走しますが、暗くなりがちな気持ちを盛り上げてくれますから」

「確かにそうですね。あの」

と、伊都美は、なにか言いかけて、やめた。冴子は察して告げた。

「佐古課長のことですか」

「読まれましたか。そうです。巡査長は、佐古課長のことがきらいだと断言しました。にもかかわらず、警察官になったのはなぜですか」

「命を助けてくれた恩人に勧められたからです。二人とも警察官なのですが、わたしたちには才能があると言って、警察学校へ入るように言いました。おだてるのがうまいんですよ。のせられた感がなきにしもあらず、ですね」

「そういえば、クロノが言っていました。三人に英才教育を施したと」

「そんなご大層なものじゃないと思いますが、わたしたち三人の長所を上手に伸ばしてくれました。厳しかったですよ。悪いことをしたときは、思いっきり怒られました。ですが、その後のご褒美もたっぷりで……愛してくれたんです。わたしたち三人を無限の愛で包んでくれました」

　思い出すだけで胸があたたかくなるほどだった。警察官として必要な武術や運転技術、ＡＩ関係の知識と技、心理学、医学等々、技と知識をいやというほど詰め込まれたが、自分たちへの想いが常に感じられたので耐えられた。

「逢うと必ずハグしてくれるんです」

赤信号で停止したので、伊都美と目を合わせた。が、照れくさくて、すぐに逸らした。

「もういいよと言うぐらい、ベッタベタに愛されました。お気づきになられたかもしれませんが、お師匠さんたちに出逢うまでは、三人ともあまり両親の愛情に恵まれない生活だったんです」

「でも、巡査長のご実家は、別居しているわけではないですよね」

遠慮がちに訊いた。育ちがいいからだろうか。伊都美は決してプライベートなことに、ズカズカと土足で入り込んだりはしなかった。

「一緒に暮らしていますよ。まだ下に弟と妹がいますしね。母は夫婦別姓の件だけは頑張ったんですが、あとはもう父の顔色を窺いながらの生活です。佐古課長は結婚前、善い人を演じていたんでしょう。俗に言うところの猫を被っていたらしく、籍を入れたとたん変貌したと聞きました」

「暴君になった？」

「そうですね。『あんな人じゃなかったのに』と今も言いますよ。母には手に職をつけた方がいいと勧めているんですが、パート勤めが精一杯。年老いてから捨てられちゃたまらないとでも思っているのか、父が許さないんです」

よけいな話をしすぎたと思い、面パトをスタートさせた。佐古のことはなんでも話すが、恩人については、自分からは話さないようにしていた。訊かれたときは最低限、答えるが、話せば話すほど恩人たちの価値が失われるようでいやだという複雑な気持ちがある。

英才教育を施された自慢はしたいが、育ての親とも言うべき恩人のことは胸にしまっておきたいというのが本音だった。

「理解してくださる方がいるのは羨ましいです」

伊都美が言った。顔は窓の方に向けているので表情まではわからない。しかし、明るいひびきでなかったことは感じられた。

「ご存じだと思いますが、わたくしはどの部署でも厄介者でした。腫れ物にさわるような態度が普通で、部署の留守番役でした。最近では『お局様』と陰口をたたかれていましたが、それでも一生懸命に勤めて来たつもりです。ただ、なんというのか、もっと生き甲斐のある仕事に就きたいと」

さらに声が沈んだ。冴子は運転しながら黙って耳を傾けていた。

「父には叱られました。『十代のときならいざ知らず、三十八にもなって曖昧なままじゃないか。やりたいことがあるのなら専門学校にでもなんでも通えばいい。お母さんが言うように結婚してからでもできるだろう。見合いの話が来るのも今のうちだぞ』。そんな感じなんです」

「ですが、おばあさまは味方なんじゃないですか。シルバーカーを貸してくださったわけですから」

「黙って勝手に借りたんです」

こちらを向いて肩をすくめた。

「それも一番、お気に入りのやつを。今頃、怒っているかもしれませんね。遅ればせながらの反抗期でしょうか。家には居場所がなくて」

正しくは『家にも』かもしれない。勤め先の警察署とて居心地のいい場所ではなかっただろう。それでも彼女は足を踏ん張って続ける道を選んだ。

「警察官になった以上は、被害者の役に立ちたいと思っています。綺麗事かもしれませんが、犯罪者の更正に手を貸せたらなどという、夢のようなことも考えているんです。でも、なにをしたらいいのか、自分でもよくわからなくて」

「わたしだって、わかりません」

冴子は正直に告げたが、伊都美は即座に頭を振る。

「巡査長たちには、立派な警察官になるという目標があるじゃないですか。まっしぐらに突き進んでいるように見えます。わたくしに気を遣わなくても……」

「立派な警察官とは、どんな警察官を言うのでしょうか」

遮ると、ルームミラー越しに怪訝な目を返した。

「え？」

「例えば、わたしの父の佐古課長でしょうか。上司や同僚に受けがよく、仏の課長と呼ばれています。ところが、家では暴君に大変身。わたしは逆らってばかりいましたからね。よく殴られましたよ、拳で」

「えっ」

二度目の驚きの後、少しの間、沈黙した。下手な慰めはできないと気づいているに違いない。彼女に裏表がない点も、冴子は再認識していた。

「なぜ、自分の子どもを殴るのでしょうか。わたくしには、信じられません」

「鬱憤がたまるのだと思います。家で発散してバランスを保っているんでしょう。わたしから見れば裏表がない分、本郷警視の方が立派な警察官に思えます」

お世辞ではなく真実だったが、

「え」

三度目の驚きは、当惑に満ちているように感じられた。機嫌を取るようでいやだったが、続けた。

「裏表はないし、常に自省しているし、威張らないし、謙虚ですしね。人間として立派だと思います。どんな上司が来るのか戦々恐々でしたが、安堵しました」

上司が来るのは憶えていたものの、来るのが昨日だったという点は綺麗に忘れていたのに、それは口にしない。さらに伊都美は自信がなさすぎて頼りないが、これまた、よけいなことは言わなかった。

「そうですか。よかったです」

うつむいた姿が、ルームミラーに映っている。恥ずかしそうに頰を染めているのではないだろうか。

「警視の歓迎会ですが、お許しは出ましたか」

冴子は話を変えた。思っていたより車が空いていたので、目的地まで十分程度の地点に来ている。千紘と春菜に段取りを伝えなければならない。

「はい。ただ、十時を過ぎる場合は、父が迎えに来るかもしれません。終わる時間が近づいたら連絡するように言われました」

「レジェンド署長みずからお迎えですか。要は部下たちの査定ですね」

「歓迎会、大歓迎。今宵、執り行いましょう」

無線機から千紘の声が流れた。

「ささやかな会ではありますが、分相応の場所で開きたいと思います。場所や料理については、おまかせください」

「そういう話になると張り切るねえ、あんたは。その前に仕事です。これから行く三善雅也ですが、逃げられた場合を考えて、喜多川巡査は少し離れた場所に面パトを停め、車の中に待機。小野巡査は、京葉道路との交差点角で待機してください」

よろしいですかというように、伊都美に目顔で確認する。頷き返したので言った。

「聞き込みには本郷警視と向かいます」

「了解しました」

春菜が冷静に応じる。

「さっきの話に戻しますが、本郷警視」

早口で千紘が継いだ。目的地が迫り、気が急いているのだろう。いつも以上にセカセカしている感じがした。

「親子にも相性がありますからね。気にしない方が、いいと思います。日本中の家族がみんな、仲良しこよしというわけじゃないですよ。気が合わない場合もありますから」

「励ましているつもりなんです。意外かもしれませんが、細かいところに気がつくんですよ。まあ、そうでなければ特殊メイクなんか、できませんけどね」

「だから、意外はよけいだってば。片桐巡査長は、ひと言、多いんです。あたしは

「……」

「以上、集中してください」

冴子は強い口調で切り上げ、続けた。

「この車は〈サンゼン修理工場〉の正面に停めます」

家族経営の小さな町工場の中には、クロノの調べどおり、一台の外車が置かれている。三善雅也と思しき若い男が、車の下から出て来た。

（気がついたな）

外車の運転席にいた父親らしき五十前後の男も、こちらを見ている。

嘘を騙らせるな、真実を語らせろ。

「よろしいですか」

念のためにふたたび確認すると、伊都美は無言で頷き返した。頬が強張っている。かなり緊張しているのが見て取れた。

「ちょっと待ってください。今、シルバーカーを出します」

「いえ、大丈夫です。だいぶ脚に力が戻ってきました。わたくしが馬鹿にされるのはすなわち、警視庁特殊詐欺追跡班が馬鹿にされることになります。しっかり歩きますので心配しないでください」

「わかりました」

冴子は車を降りて、もう一台の面パトの位置を確かめた後、〈サンゼン修理工場〉に足を向けた。

4

三善雅也と思しき若い男は、立ち上がっていた。

「すみません。警視庁捜査2課特殊詐欺追跡班ですが、三善雅也さんですか」

冴子は警察バッジを見せて告げる。

「そうですけど」

三善は、眉をひそめて、これ以上ないほど不快感をあらわにした。外車の運転席にいた父親らしき五十前後の男は、車から出て様子を見ている。奥に設けられた事務所の扉が開いて、母親らしき五十前後の女が不安そうな顔を向けた。

「後ろにいるのは、班長の本郷警視です」

冴子の紹介に、伊都美は小さく会釈した。リクルートスーツのような服装や雰囲気によって、かなり若く見えるのだが、三善は特に興味を持った様子もなく、かすかに会釈を返すにとどめた。

「以前、三善さんが任意同行された『手話詐欺事件』、正式名称は違いますが、所轄ではそう呼ばれていましたので使わせていただきます。あの件で少しお話を伺えませんか。不起訴になったのは、わかっています」

最後の部分は先んじて言った。言い返そうとした雰囲気を感じたからだ。

「三善さんには関係ない事案だと思っています。だからこそ、お話を伺いたいんですよ。十分、いえ、五分で終わります。すぐに引き上げますので」

「こちらで」

母親らしき女が、事務所から出て来た。

「母です。お分かりでしょうが、仏頂面をしているのが父です。馬鹿息子がまた、なにかしでかしたんじゃないかという顔をしているでしょう。わかりやすい人なんですよ」

「雅也」

父親は名前を呼んで止めた。険しい表情に気持ちが浮かび上がっているように思えた。調べどおりの典型的な家内工業であり、三善が警察に任意同行された後は、取引先などと揉めたりしたことも考えられる。

両親の顔には、隠しきれない不安が表れていた。

「早く帰ってください。それだけ、お願いします」

三善は素っ気なく言い、踵（きびす）を返して事務所に向かった。母親は扉を大きく開けて、深々と一礼する。

「ご苦労様です。まあまあ、お若いのに女性の身で刑事さんですか。大変ですねえ」

笑みを向けたが、父親同様、表情が強張っていた。三畳程度の事務所で、電話番や経理を含む事務処理を行っているに違いない。壁際に並ぶ二つの机は、長年の苦労を物語るように色がだいぶ変わっていた。

「今、お茶を」

「要らないよ、お茶なんか」

三善は告げて、折り畳み椅子を二脚、広げた。机の前に置かれた椅子は、机と同じぐらいの変化を見せている。少しでも汚れないようにと気にした点などは、いかにも今時の若者に感じられた。

「お気遣いなく」

冴子は答えて警視に椅子を勧め、伊都美が座るのを待って腰をおろした。言われるまでもなく、長居をするつもりはなかった。

「さっそくですが、彼に見憶えはありますか」

冴子は携帯に『スーツケース死体遺棄事件』の被害者——内山貴士を出した。死に顔ではなく免許証の写真だったが、ぴんとくるものがあったのかもしれない。

「知っています、と言っても、一度か二度、顔を見たことがあるという程度ですけど」

それが癖なのか、上目遣いに目を上げた。

「死んだんですか」

「内山貴士とは、いつ、どこで会いましたか」

冴子は答えではなく、問いを返した。インターネットのニュースに挙がるだろうが、事件の詳細まで話すつもりはなかった。

「一年ぐらい前だったかな。場所は当時、事務所として使われていた新宿のマンションです。羽毛布団を売る仕事だから安心だと先輩に誘われたんです。内山は名簿屋なんですよ。あと、繋ぎ役というのか。ボスと先輩たちの連絡係もしていました」

気怠げに答えた。今のところは真実を話しているようだった。

「手話を習ったんですか」

聞き役は冴子が務め、伊都美は横でメモを取っている。静かに茶を運んで来た母親は、それぞれの前に湯飲みを置くと、静かに出て行った。

「習いましたよ。耳の不自由な人たちに、安い羽毛布団を売ると言われましたからね。人助けだ、善いことなんだ。コミュニケーションを取るために手話が必要なんだと……まさか詐欺だとは思いませんでしたよ」

ゆがめた唇に、嘘が滲み出ているように感じられた。最初はともかくも、始めてすぐに気づいたはずだ。二足三文の安い羽毛布団を、十倍、ときには五十倍から百倍もの値段で売りつける。標的の家に足繁く通い、家事の代行や話し相手になって、信頼関係を築くのが連中の常套手段だ。

被害者は親しさから断りきれずに、信じられない値段の羽毛布団を買うはめになる。

「手話で『よろしく』と、やってみていただけますか」

冴子は訊いた。伊都美に聞き取り役を譲ってもいいのだが、着任したばかりであるうえ、苦手な雰囲気も感じている。上司ゆえ、無言で後ろに控えるのもありだと思ってもいた。

「いいですよ」

三善は片手で手話を行った。やはり、同じ動きに見えた。

「次はこの人を見てください」

冴子は江東区の強盗傷害事件で逮捕された中西幸平を画面に出した。彼の場合は免許証ではなく、所轄で撮った写真である。

「ああ、中西さんですか。会ったことはあります。相当、ヤバい状況なのは、風の便りで聞きました。たぶん調査済みでしょうけど、中西さんも手話詐欺に関わっていますからね。兄貴分みたいな感じで、色々教えてもらいましたよ」

色々の部分に「まさか詐欺だとは云々」の嘘が出ているように思えたが、冴子は黙って次の写真――原野商法二次詐欺事件の工藤雄次郎を見せた。

「ん？」

三善は画面に顔を近づける。

「知らないですね。会ったことはない、と思います」

自信がなさそうな答えだった。工藤雄次郎は派手な髪型をしていないし、ピアスを着けているわけでもない普通の男だ。工藤にどこか胡散臭さを感じるのは、冴子が警察官だからだろう。きわめて平凡な容姿が、詐欺という『仕事』を手助けしているのは間違いなかった。

「その人も死んだんですか」

淡々と訊いた。

「事件のことは話せませんので、ご了承ください」

「ああ、そうでしたね。すみません」

ちらりと工場の方を見て視線を戻した。休憩タイムとばかりにお茶を飲んでいた父親と母親が、入って来た初老の紳士を見て急に居住まいを正した。羽織っている春物のコートや、さりげない普段着姿に富裕層独特の品の良さが感じられた。

「どなたですか」

冴子は訊いた。おそらく外車の持ち主ではないだろうか。置かれていたシルバーグレーの車体に、しっくり合っているように見えた。

「今、車検をやってる外車の持ち主ですよ。大田区だったかな、どこかの地主らしいです。親父の技術に惚れ込んでいるらしくて、修理はもちろんですが、車検のときも必ず依頼してくれるんです」

　どこか投げやりな言い方には、格差社会への小さな怒りが秘められているように思えた。真っ黒になって働く父親、母親もまた、家事だけではなく会社の仕事を手伝っている。眼前の若者は一発おれが当てて両親に楽をさせてやると思い、詐欺の一員に加わったのかもしれなかった。

「あの外車、同じ車種の中では一番高いやつなんです。実物は初めて見ましたよ。世の中には金持ちがいるんだなあと思いました」

　三善は初老の紳士をじっと見つめている。羨望、憧れ、そして、嫉妬。おそらくごく一部の富裕層であろう紳士に、複雑な思いをいだいているのは確かなようだ。

「あとひとつ、よろしいですか」

　冴子は強く言い、こちらに気持ちを引き戻させた。

「あ、はい」

「あなたが属していたグループの首領（ボス）はわかりますか。もしや『天下人』と呼ばれる人物ですか」

「………」

急に三善の顔つきが変わる。今まで外車の持ち主に向けられていた気持ちが、天下人の言葉で一気にこちらへ向いたように感じられた。

（知っているけれど話すのはタブーとされている、か）

自分なりの推測をたてる。

「天下人というハンドルネームだけは、聞いたことがあります。でも、どんな人物なのか、年齢や男か女かといった細かい話はわかりません」

お手本のような答えだった。口外したら死んだ内山貴士のような目に遭うと思っているのか。

「ちょっと失礼します。自分も挨拶しなければならないんで」

三善は言い置いて、事務所を出て行った。跡継ぎとしては、いちおう顧客に挨拶をと考えたに違いない。愛想笑いを浮かべて何度もお辞儀をしていた。

「そろそろ失礼した方が」

伊都美の提案に素早く頭を振る。

「今、出て行くと、わたしたちが警察官であることを、三善夫妻が紳士に話す流れになるかもしれません。保険のおばさんのような顔をして、ここにいましょう。うちの部署は、さまざまなものに化けないと務まりませんから、練習のつもりで成りきってください」

「成りきるって」

とたんに不安な顔になる。真剣に、どうやったら保険のおばさんになりきれるのかと考えたのだろう。

「生真面目に考えなくて、いいです。半分、冗談ですから」

「あ、そうでしたか」

今度は落ち込んだ顔になる。冗談もわからない自分に、なかば呆れ、なかば怒っているのではないだろうか。伊都美の場合、怒りの矛先は他者ではなく、常に自分に向けられるような印象を受けた。

「あの紳士、相当、場数を踏んでるな」

冴子は、わざと声に出して呟いた。いつもは頭の中で考えるのだが、伊都美に聞かせたかった。言葉では説明できないこと、追跡班の感覚的な空気感を摑んでほしいと思ったからである。

「そう、ですか。わたくしにはわかりませんが」

「わたしはこの工場の真正面、出入り口に面パトを停めました。普通の乗用車ではないことに気づいたはずですが、事務所を一顧だにしません。それが不自然すぎるんです。保険のおばさんの演技が上手すぎるせいかもしれませんが」

と、小さく笑った。

「今のも冗談ですね」

伊都美も笑みを返した。

話しているうちに、三善が戻って来た。冴子は立ち上がって告げた。

「はい」

「お忙しいときに、すみませんでした。これで失礼します」

不意に携帯がヴァイブレーションする。話をしているのはわかっているはずなのに、千紘が電話を掛けて来た。

5

冴子は会釈して、事務所を出る。問いを発する前に、千紘の声がひびいた。

「不審者発見。職務質問をしようとしたとたん、逃走しました。現在、京葉道路を錦糸町方面に向かって追跡中です。年齢は五十前後、黒っぽいスーツ姿、頭は五分刈りのような短髪、眼鏡はかけていません」

「応援に向かいます」

冴子は答えて走った。むろん走りながら所轄に応援要請をしている。京葉道路に並行している裏道を、錦糸町方面に向かって突っ走った。足の速さには自信がある。通りに出たとき、黒いスーツ姿の男が横断歩道を渡るのが見えた。

「春菜、どこ?」

訊きながら横断歩道ではない場所を強引に渡った。何台かに急停車をさせるはめになったが、渡りきって京葉道路に向かう。サイレンの音が聞こえていた。

「待ち伏せをかけるべく、裏通りを京葉道路に向かって緊急走行中。不審者が途中で曲がった場合には教えてください」

春菜の返事を心にとめ、京葉道路に出て、前方を走る男を追いかける。後ろから千紘の大声が聞こえていた。

「止まりなさい、警察です」

それを受けるぐらいなら逃げなかっただろう。冴子からは男の背中しか見えないが、死に物狂いの状態に思えた。肩が激しく上下し、脇目もふらず一心不乱の爆走中で、何度も通行人にぶつかりそうになっている。

(三善雅也に会いに来たのかもしれない。新たな依頼か、口止めの使者か)

冴子は全力疾走する。みるまに追いつき、後ろから飛びついた。

「警察です」

男ともども歩道に前のめりに倒れ込んだ。下になった男をとっさに右腕で庇ったため、右肩から腕を強打したが、こらえた。男の下に自分の右半身を滑り込ませ、激突するのを避けたのである。前方で急停車した面パトから春菜が飛び出して来るのが見えたが、いち早く千紘が追いついて来た。

「公務執行妨害で逮捕します」

　屈み込んで、倒れたままの男の両手に手錠を掛ける。

「な、なにもしていません」

「立たせてやって」

　冴子が言うと、春菜が男に手を貸して立たせた。それでようやく冴子も立ち上がれたが、上着の右肩から袖にかけて見事に破けていた。

「あーあ、買ったばかりなのに」

「血が出てる。早く消毒して止血しないと」

　春菜の言葉に「大丈夫」と答えた。

「たいしたことない。破けたスーツの方が、手痛い出費。胸が痛むわ」

「あ。セレブ紳士」

　千紘が言った。三善が運転するオートバイの後部座席に、外車の持ち主が乗っていた。ほとんど同時に所轄のパトカーが到着する。自転車に乗った二人の制服警官もこちらに近づいて来た。

「社長」

　手錠男はほっとしたような顔になる。バイクを降りたセレブ紳士は神谷彬（かみやあきら）と名乗って、男の言葉を裏付けた。

「わたしは輸入雑貨の会社を経営しているんですが、彼はうちの社員です。車検に出した車の運転をお願いしているんですよ。今日、車検が終わると聞いていたので、工場の方へ来てほしいと彼に頼んでおいたんです」

「これ、外してください。いきなり職質をかけられたんで、思わず逃げてしまいました。去年の暮れに駐車違反で捕まりまして」

ぼそぼそと訴えた。

「制服警官がいたから吃驚したんです。調べられたら違反金を支払っていないのがわかると思いまして」

男は、制服姿の千紘に恨めしそうな目を向けている。到着した所轄の警察官に、春菜が状況を説明していた。

「わたしが身許引受人になります」

神谷はヘルメットを取って言った。

「彼がいないと困るんですよ。わたしは運転しませんので、車検の終わった車に乗って帰れません。駐車違反の罰金も、すぐに支払います。おそらく、彼がほんの少し車を離れた隙にパトロール中の警察官の目にとまったのでしょう。仕事中だったのは間違いないと思いますので」

そうだな、と訊くような目顔に、男は小さく頷き返した。しかし、冴子は嘘だと感じていた。仕事中であれば、神谷は駐車違反を知っていただろうし、罰金も支払っていたはずだ。勝手に高級車を使ったことも考えられる。私用の駐車違反だからこそ、男はまずいと思い、制服警官を見て逃げたのではないか。

「とにかく所轄に行きます。詳しい話はそこで」

冴子の答えを聞き、男はうなだれて、パトカーの方へ歩いて行った。好奇の目を向けて足を止める通行人もいたが、たいした事件ではないと思ったらしく、人垣ができるようなことはなかった。

「念のための確認です。三善さんは彼と私的な付き合いはないのですか」

冴子は三善に訊いた。もしかしたら、運転手は半グレの仲間という可能性もある。そういった繋がりから、神谷の運転手になったことも考えられた。慌てふためいて逃げたあれが、引っかかっていた。

「私的な付き合いはありません。もちろん顔は知っていますし、話をしたこともありますよ。修理や車検のときは、いつも彼が運転して来ますから」

「そうですか」

「今日の聞き取りは終わりですよね」

三善もまた、確認するような問いを投げた。

「はい」

「それじゃ、自宅に戻ります。神谷さんはどうしますか」

「わたしは運転手が心配なので所轄に行きます。どちらの所轄ですか。場所はわかりますか」

「わかります。よろしければ、お送りしますが」

冴子は視線で前方の大通りに停められた面パトを指した。追跡劇は終わり、パトカーは走り去って、自転車の警察官たちも錦糸町方面へ戻り始めている。三善は神谷から受け取ったヘルメットの顎紐を後部座席に挟み、バイクに跨った。

会釈して走り去る。

「そうしていただけると助かります」

神谷は三善に会釈しながら答えた。

「では、どうぞ、あちらの車……」

そこで冴子は気づいた。

「いけない。忘れてた、本郷警視」

「後ろ」

と、春菜が顎で指して、神谷を面パトに案内して行った。冴子は驚いて振り返る。

必死に後ろを走って来たのかもしれない。肩で喘ぎながら伊都美が息を整えていた。

来る途中で転んだのか、両膝に怪我をして血が滲んでいた。

「背後霊みたい」

千紘の呟きを、冴子は慌て気味に打ち消した。

「小野巡査。こんなときに、つまらない冗談を言わないでください。大丈夫ですか、本郷警視」

「一生懸命、追いかけたんです。片桐巡査長は横断歩道のない場所を渡って行きましたが、急停止した車の運転手たちから怒号の嵐が沸き起こっていたんです。すぐに走り去りましたが、わたくしはどうしても渡れなくて、横断歩道の場所まで走りました。慌てるあまり足がもつれて転び、よけいに時間がかかった次第です。遅くなりまして、本当に申し訳ありません」

息を整えつつ、経緯を説明する。

「本郷警視は正しいと思います。警察官が、横断歩道のない場所を渡ってはいけません」

千紘が説教まがいの言葉を発した。お説ごもっともだが、横断歩道を利用して青信号で渡っていたら、おそらく確保できなかっただろう。

「すみませんでした。とにかく車に」

言い終わる前に、春菜が気を利かせて、三人が立つ場所まで面パトを走らせて来た。

伊都美の背中を押すようにして、停止した面パトの助手席のドアを開けて乗せる。間際に千紘が、ウエットティッシュと絆創膏を渡した。

「カード占いでは『塔』でしたから、バッグに入れておいたんです。予想していなかった事態、今回は転倒ですが、ウエットティッシュで傷口を拭き、絆創膏を貼っておいてください。あとできちんと手当てした方がいいと思いますが、まずは応急処置を」

「ありがとうございます」

伊都美が意気消沈したような表情で答えた。冴子は車道に出て右側から後部座席に乗り込み、千紘は左側から後部座席に乗った。ごく自然に神谷を真ん中にして、挟む形を取っていた。

「なんだか護送される犯人のようですね」

神谷は笑っている。何事にも動じない胆の太さを、冴子はあらためて感じていた。

「申し訳ありませんが、まずは、運転手の男性の名前と年齢を教えていただけますか」

後部座席で聞き取りを始める。

「安藤良照さんは、今年で確か五十一だったと思います。あとで確かめますが、三年ほど前から運転手として働き始めました。それまでは幼稚園のバスを運転していたようですが、子どもの数が減ってきたからですかね。廃園になってしまい、職安を通じて、うちに来たのです」

「安藤さんには、ご家族は」

「一度、結婚したようですが、だいぶ前に別れたと聞きました。特にこれといった問題はなく、真面目に勤めてくれています。先程の一件は仕事中の駐車違反だと思いますが、遠慮して申告しなかったのかもしれませんね。あるいは申告しようとしていたのに、忘れてしまったのか」

あくまでも庇っていた。理想的な雇い主であり、何事もなければ安藤は最後の勤め先にできるのではないだろうか。

「神谷さんは、輸入雑貨の会社を経営なさっていると仰っていましたよね」

神谷自身への質問に切り替えた。混み始めた京葉道路は渋滞気味になり、車がゆっくり進んでいる。

「そうです。会社は大田区にありまして、店は都内に三カ所です。最高時は二十数カ所あったんですが、人々の購買意欲が落ちたせいか、あるいは先程の少子化に関係しているのか。売れ行きが悪くて採算が取れなくなりました。三カ所についても検討中の状態です」

そう言いながらも運転手付きの高級外車に今も乗っている。三善雅也は神谷を大田区の地主と言っていたが、地主とまではいかなくても、ある程度の財産は持っているのかもしれない。これはあとでクロノに調査を頼むことにして、話を続けた。

「安藤さんは、おそらく小野巡査の制服姿を見て逃げたのだと思います。会ったときの様子を説明してください」

冴子の言葉で神谷は左隣の千紘を見やった。会釈して、千紘は継いだ。

「わたしを見たとたん、安藤さんは急に立ち止まったんです。職務質問をさせてくださいと近づいて行ったのですが、くるりと踵を返して脱兎の如く逃げ出しました。追いかけながら、すぐさま巡査長に連絡を取ったんです」

さすがに公の口調になっていた。

「人見知りが激しい性格なんですよ。それから大人の女性が苦手なようです。離婚のトラウマかもしれません。独り身ではなにかと不自由だろうと思い、一度、見合いを勧めたのですが、やんわりと拒否されました。女性の制服警官が近づいて来るのを見て、パニックに陥ったのではないかと思います」

付け入る隙のない完璧な答えだった。冴子はますます興味が湧いてくる。神谷の私生活は、どんな感じなのか。穏和な出来る男に見えるが、裏の顔はないのか。

「それにしても世の中というのは、予期せぬ出来事が起こりますねえ」

神谷は独り言のように呟いた。『塔』のカードが出たのを知っているわけではないのに、予期せぬ出来事と言っていた。しみじみと実感しているような印象を受けた。
（安藤良照が逃げたのは、本当に駐車違反の件なのか）
冴子は、クロノに調査するよう依頼した。

第4章　ビッグ・ストア

1

その夜。

冴子たちは、伊都美の歓迎会をカラオケ店で行うことにした。

「遠慮なく食べてください。ここは料理の持ち込みオーケーなんです。知り合いのイタリア料理店でディナーのキャンセルが出たので、その料理を半額で買い求めました。食品ロスのささやかなお手伝いですよ。飲み物はオーダーしないとだめですが、その費用はわたしたちがもちます」

「そんな……申し訳ないです。わたくしの分だけでも支払います」

謙虚な女性警視は、恐縮しきっていた。転んだときにスカートも破れたため、同じサイズの千紘から、ジョギング用のスウェットの上下とスニーカーを借りている。派手なピンクにいささか違和感を覚えるうえ、首から上の畏まった表情もまた、不釣り合いな印象を与えた。

「いいえ。今日は、わたしたちが支払います。次の機会にご馳走してください」

冴子は言い、部署から持って来たクロノの分身とも言うべき小さな人型タイプの端末をテーブルに置いた。

「わたしたちはこの端末をチビクロと呼んでいますが、クロノも参加させて、こういう雰囲気を味わわせてやろうと思いまして。人間らしさが身につくかどうかは、わかりませんけどね」

「お招きにあずかりまして恐悦至極に存じます。それがしも饗宴に参加させていただきまして、まことにありがたく思います次第。みなさんの邪魔にならぬよう、静かに控えております」

クロノの挨拶に、冴子は笑った。

「だれが教え込んだんだか。やけに時代劇っぽいじゃないの。さては、春菜あたりにインプットされたのかな」

視線に春菜は苦笑いで答えた。ほとんど同時に、クロノが頷く動作をする。

「喜多川巡査に教えていただきました。夜、一時間いただいている休憩タイムにアクセスして、時代劇のドラマを拝見したのですが、江戸時代の言葉遣いや風俗、社会背景などがわかって、非常に有意義な時を過ごせました。慎み深い女性がいいですねえ」

　小さなロボットの顔が、空を見上げるように動いた。遠くを見やって物思いに沈む図だろうか。日毎に芸が細かくなってくる。三人でまめに機能をプラスしたり、新たな事柄をプログラミングしているのだが、クロノは警察庁や警視庁の監視役でもある。追跡班が暴走しないよう目を光らせているのは確かだった。

「宴にクロノを参加させても大丈夫？」

　春菜が訊いた。お偉方に知られた場合、まずい事態になるのではないかと案じていた。

「休憩タイムで届けを出したうえ、内輪モードというのを製作し、今はその状態にしてあるから、たぶん大丈夫だと思うけどね。本庁の見張り役がアクセスしようとしても、できないはずだから」

　冴子の答えに、伊都美は目をみひらいた。

「内輪モードなどという設定にできるのですか」

「冴子はサイバー捜査官として活躍した時期もあるんです。一通りの仕事を憶えるために、わたしたちのお師匠さんが色々骨を折ってくれました。三人とも幾つかの部署を渡り歩いたので、ある程度はこなせますが、ＡＩ関係が得意なのは、やはり、冴子です」

春菜が補足する。プライベートタイムなので、さすがに役職で呼ぶことはないが、彼女だけはあまり公私の区別がなかった。

「そんなことより、まずは乾杯」

千紘の音頭（おんど）で乾杯となった。伊都美ひとりだけウーロン茶だが、酒は禁止らしいので無理強いはしなかった。

「その足なんだけどさ」

千紘の目は、伊都美の素足に向いていた。転んだ両膝の怪我だけでなく、ひどい靴擦れを起こしている。ローヒールのパンプスのせいだろうが、見るからに痛そうだった。

「伊都美ちゃんもスニーカーにした方がいいよ。うちは走りまわるのが仕事みたいな部署だからさ。あんなパンプスじゃ、走るの無理だから」

「わたくしの家は、スニーカー厳禁なのです。女性が履く靴ではないと言われまして、学生時代はもちろんですが、勤めに出てからも履いたことはありません。革靴以外は認めないと申し渡されました」

昔ながらの頑固な家父長意識にとらわれている家なのは間違いなかった。問題なのは、伊都美がそれをあたりまえのように受け入れていることだ。当然、そんな家庭の事情は知る由もないだろうが、

「本郷警視の家は、男性支配の武家社会を想起させます。まるで江戸時代のようですね。息苦しくないですか」

クロノが生意気な台詞を吐いた。冴子を含む三人は、思わず笑っていたが、伊都美はどこまでも生真面目に応じる。

「それがあたりまえですので、息苦しいとか、辛いとか、思ったことはありません。ただ、実務面では確かにスニーカーの必要性を感じます。みなさんの足手まといになるのだけはいやですから」

「部署に置いておけばいいよ」

千紘がさらりと言った。

「よく置き傘ってするでしょ。あれと同じで置き靴。部署に来るまではパンプス、来たら脱いでスニーカー。黙ってりゃばれないから大丈夫、と、クロノ」

人型ロボットを軽く睨みつける。

「よけいな情報を流すんじゃないよ」

「クロノのせいじゃないでしょ。好きで情報を流すわけじゃなくて、アクセスされちゃうんだからさ」

冴子は言い、伊都美に目を向けた。

「革製のスニーカーも売り出されています。詭弁にすぎませんが、あれも革靴と呼べ

「知りませんでした。革製のスニーカーですか」

「お洒落でカッコいいですよ。色も数多くありますしね。革がやわらかいので履き心地も抜群。まあ、激務の追いかけっこには、ちょっともったいない気もしますが」

春菜が補足する。話をしている最中に、千紘が歌い始めていた。彼女は若手の新しい歌が好きなので、流行にやや疎い冴子は初めて聞くことが多い。伊都美にいたっては、カラオケ店が初めてということもあり、なにもかもが珍しいようだった。

「本郷警視は、どんな歌が好きですか。次、歌ってください」

冴子の勧めに素早く頭を振る。

「わたくし、歌は音痴でだめなんです。みなさんの歌を聞いているだけで充分ですから、どうぞ、次はどなたかに」

「じゃ、わたしが」

春菜が立ち上がって、マイクを受け取った。よくカラオケで鬱憤晴らしをするので、仲間が好きな曲はわかっている。千紘がセッティングした。

「春菜は演歌が好きなんです。上手いんですよ。のど自慢大会に出ればいいのにと思いますが、うるさいですからね。警察官にあるまじき行いとか言われて、追跡班は哀れ消滅となりかねませんので」

冴子は正直に現状を告げる。

「噂には聞いていましたが、佐古課長とのやりとりを見て、本当なのだと実感しました。ですが、みなさんの優秀さは初めて知った次第です。小野巡査のカード占いも当たるので驚きましたが」

優秀さは初めて知ったという部分に、本当に正直者なのが表れていた。特殊詐欺追跡班はろくでもない女性警察官の集まり、三人寄ればなんとやらだが三人寄っても役に立たない、ヤンキーくずれの落ちこぼれ集団等々、おそらく就任前にさんざん言われてきたのではないだろうか。

「本日の占いで出た『塔』は予期せぬ出来事が起きるかも、ですが、現場の警察官はいつもそうですよ。要は仕事内容に沿ったカードが出ただけの話です。あまり真に受けない方がいいですよ」

と、冴子は笑ったが、千紘は唇をとがらせる。

「タロット占いは当たりますよ。うまく読み取れないというか、読み取りにくいカードのときはあるけどね。だいたい大筋でピタリとくる。伊都美ちゃんが転んじゃったのは、予期せぬ出来事ではなくて、予測できた出来事だからじゃないかな」

「うまい言い訳を考えたじゃないの」

冴子は喉を潤しながら相槌をうつ。マイクを握ったが最後、春菜がなかなか譲らないのはわかっていた。

「なるほどね。予測できた出来事か。ローヒールであろうとも、ヒールのあるパンプスで全力疾走すれば転ぶ。本郷警視の場合、鍵になるものは、やっぱり靴だな」

ひとりごちると、伊都美が真顔で受けた。

「詭弁を試してみます。今、携帯で調べてみたのですが、革製スニーカーの製造元の会社や店は京都なのですね」

「はい。でも、東京でも取り扱い店があるはずです」

「大丈夫です。見つけました。非番の日に行って試してみます。身体も鍛えないとだめですね。日頃の運動不足を実感したのですが、わたくしは幼いときから運動神経が鈍くて、スポーツは苦手なのです」

またしても正直な言葉が出る。冴子と千紘はどちらからともなく顔を見合わせていた。自然に口もとが、ほころんでいた。

「やっぱ、似てる、伊都美ちゃん」

千紘が肩を軽く叩いた。

「お師匠さんのひとりにそっくり。『わたくし』の言葉に代表されるセレブお嬢様的な部分や運痴なところ。性格は正反対だけどさ。なんとなく、嬉しくなっちゃうんだ」

「そう、ですか。ですが、ウンチというひびきからは、あまりいい感じを覚えません。それに性格が正反対というのも……」

「いい意味で正反対なんですよ」

冴子は穏やかに遮った。

「好対照と言うんでしょうか。あたしは無理に身体を鍛えたりしなくても、いいと思いますけどね。警視はどーんと後ろで構えていればいいんですよ。そうすれば『あれが勇退した本郷署長の娘さんか』と、まわりで勝手に想像してくれますから」

これまた、正直な言葉が出た。もっとも伊都美は気づかないかもしれない。腰をぬかしてしまったり、走って転んだりされるよりは、下手に動かないで後ろに控えている方がいいと思っていた。

「本郷警視は、追跡班の頭脳とお考えください。我々三人をうまく使い、事件を早く解決させる。それが上司の役目です」

「『おぉ、ノー』なんちゃって。頭脳の脳とノーをかけてみました」

不意にクロノが言った。

「だれだ、こんなつまらない駄洒落（だじゃれ）を教えたのは」

冴子の目は、真っ直ぐ千紘に向いている。

「わかっているなら言わなくてもいいじゃない。下手な駄洒落は警視だったお師匠さんの十八番（おはこ）。なんだったら冴子がクロノにお手本を示せば？　お題は頭脳。はい、では上質の洒落をどうぞ」

「あたしに押しつけて、ずるいのう、なぁんちゃって」

うまく決まったと思ったのだが、千紘はもちろんのこと、春菜は歌うのをやめて冷たい目を返した。

「ずるいのう、ずるいのう、ああ、そうですか。『ず』と『のう』が、しっかり入っていますね。お上手です」

伊都美だけが手を叩いている。

「そうか。『なんちゃって』ではなくて、正確には『なぁんちゃって』と小さな『ぁ』が入るのですね。また、ひとつ、学べました。ありがとうございます、片桐巡査長」

クロノの言葉に「どういたしまして」と苦笑いしつつ答えた。歌う気を削（そ）がれたという顔で春菜が突き出したマイクを、冴子は受け取って、伊都美に渡した。

「着任の挨拶でもなんでもかまいません。お得意な芸があれば、それを披露（ひろう）していただいてもいいです。是非、お願いします」

「芸などはなにもないのですが」

自信なさそうに立ち上がる。

「では、母の故郷で毎年秋に行われるお祭りのときに、踊られる盆踊りをご披露させていただきます」

「いよっ、待ってました」

冴子の掛け声に、二人も続いた。伊都美はカラオケから選曲することもなく、ゆっくりした動きで踊り始める。歌はないし、曲もない。さらに派手なピンクのジャージの上下が、違和感を増大させていた。

(あ、こら、寝るんじゃない)

右側に座った千紘は、早くも船を漕いでいる。無音の盆踊りと能のような動きが、瞼を重くさせるのは確かだった。左側の春菜が、冴子の肩に寄りかかってくる。寝てはいけない、自分だけでも最後まで観賞しなければ……。

そう思ったところで記憶が途切れた。

2

翌日の午前中。

豊島区の所轄では、予定どおりに捜査会議が開かれたのだが、会議直前、追跡班の三人は署長室に呼ばれた。

(昨夜、上司を見送ることなく、寝入っていた部下へのお叱りか)

冴子は入ったとたん、意図を察していた。渋面の署長と副署長は立ちあがっており、ソファにはスーツ姿の初老の男が座っている。七十代なかばぐらいではないだろうか。ソファの後ろには、伊都美が俯いて立っていた。おそらくは消え入りそうな顔をしているに違いない。こんな流れになったのを全身で恥じているように見えた。

対する警視の父親と思しき初老の男は、軽く唇を引き結び、宙に目を投げている。頑固さと扱いにくさが、眉間の深い皺や動かない目に表れていた。娘を甘く見る部下は許さんという威圧感が、離れていても伝わってきた。

署長もしくは、副署長のどちらかが、かつて初老の男の部下だったのではないだろうか。冴子たちにとっては直属の上司ではないのだが、署長室に呼ばれた理由をそう判断した。

冴子は前に立ち、千紘と春菜はやや後ろに控えている。三角形の状態が、巡査長としての責任感を表していた。

「ソファに腰掛けておられるのは、警視庁を勇退なさった本郷元署長だ」

胡瓜のような顔貌の副署長が口火を切る。彼の背後に立つ署長は太鼓腹を突き出すようにして後ろで手を組み、いっそう渋い顔になっていた。近頃、人気の狸の置物という印象を受ける。

冴子が身体をソファに向けて敬礼すると、他の二人もほとんど同時に行っていた。辞儀をしたうえで身体ごと視線を前に戻すのも三人一緒だった。

「これは確認だが、本郷警視の歓迎会と称して昨夜、都内のカラオケ店でドンチャン騒ぎをやったらしいな」

と、副署長が言った。ドンチャン騒ぎはもはや死語かもしれないが、茶化せばよけい面倒な事態になるのはわかっていた。

「はい」

冴子は短く答えた。こういうときの対応は、自分がやると決めていた。

「さらに昨日の昼間は、職質をした男が逃げたため、部署名どおり派手に追いかけたと聞いた。その際、本郷警視は転んで負傷。しかし、片桐巡査長を含む三名の班員は、だれひとりとして警視を助けることなく追跡を続行した。間違いないか」

訊ねるのは副署長ひとりで、彼も点数稼ぎのために、いやな役目を自ら引き受けたのだろう。本郷元署長や署長への覚えめでたくなって出世に影響すると考えたのかもしれない。気合いが入っているように感じられた。

「間違いありません」

言い訳すればするほど状況は悪くなる。細かい経緯は色々あるが、結果的に言えば副署長の言葉どおりだ。また、今までの経験から叱られ上手になってしまった。

「そのせいで本郷警視はスーツまで破く結果になってしまった。にもかかわらず、歓迎会を敢行したのは、おまえたちが楽しみたかったからではないのか」

「いえ、わたくしが……」

上司は一歩前に出たが、

「伊都美」

本郷が静かに遮った。口調は穏やかだが、断固としたひびきに支配者と従属者の関係が浮かび上がっているように思えた。

わたしに逆らうことは絶対に許さない。

ふたたび軽く結ばれた唇が、それを物語っていた。

「どうだったのか、片桐巡査長。自分たちの楽しみを優先し、本郷警視に相応しくないジャージの上下を貸し与え、なかば強引にカラオケ店へ連れて行った。違うのか」

「そのとおりです。申し訳ありませんでした」

深々と辞儀をするとこれまた、後ろの二人もそれに倣った。これで終わらないのはわかっていた。

「しかも帰るときには見送りもせず、三人とも熟睡していたらしいではないか。本郷警視は使っていた部屋を片付け、カラオケ店の料金を支払って、そのまま静かに退出した。なぜ、それを我々が知っているかと言えばだ。お父上が警視を迎えに行った際、部下が見送りをしていないことに気づいたからだ」

副署長は、鬼の首を取ったような表情になっている。罵詈雑言を浴びせかけても許されると勘違いしているのではないだろうか。

「まことに申し訳ありませんでした」

冴子は三度目の辞儀を、ソファに座る本郷に向けて行った。むろん後ろの二人も一拍ではなく半拍置いて、見事なまでに同じ動きをする。辞儀する間際、伊都美はこれ以上、うなだれることができないほど下を向いていたのが視野に入った。

「上司を見送らないなど言語道断、目覚めたときに猛省いたしました。これからは気をつけるようにいたします」

「そうしてもらいたいものだ」

本郷がふたたび声を発した。

「すでに知っていると思うが、伊都美は、ひとり娘でね。親馬鹿かもしれないが、優秀な大和撫子だと思っている。今回は両膝ですんだが、顔に怪我でもされたら困るんだよ。嫁入り前なんでね」

宙に投げられていた目が、冴子に真っ直ぐ向けられていた。こういった静かな脅しと恫喝を、さまざまな部署で行ってきたのだろう。ゆえに署員は、腫れ物にさわるような言動を取らざるをえなくなった。

「同じ言葉の繰り返しになりますが、これからは気をつけます。本当に申し訳ありませんでした」

四度目の辞儀は、まず署長と副署長に行い、五度目として本郷に辞儀をする。「これでよし」というような仕草を本郷がしたであろうことは、ふっとゆるんだ副署長の身体が教えてくれた。

「あらためて言うまでもないことだと思うが、追跡班で得た情報は、包み隠さず本庁や所轄に知らせろ。勝手な行動は厳禁だ。いいな」

最後を締めたのは、狸の置物のごとき太鼓腹の署長だった。

「はい」

冴子はまた、辞儀をして退出しようとしたが、

「特殊詐欺追跡班では、警視庁初の試みとして、AIを搭載したヒト型ロボットを部署に置いたらしいな」

本郷がおもむろに口を開いた。

「はい」

よけいな返事はいっさいしない。細かい点を追及されたり、揚げ足を取られたりすれば、説教が長くなるだけだ。

「わたしが言うのもなんだが、伊都美はデータ管理が得意でね。AIとも相性はいいはずだ。よろしく頼むよ」

本郷はまさに親馬鹿丸出しの顔になっていた。六十で定年退職し、六十五まで天下

り先で給料だけ貰い、悠々自適の暮らしなのだろう。現役時代は剃刀のように切れる男だったらしいが、今は切れなくなったなまくら刀のようだった。

「承知いたしました」

何度目かの辞儀をして、冴子を含む三人は署長室を辞した。

「おまえは会議に出なくていい。本庁に戻りなさい」

背後で本郷の声がひびいた。思わず足を止めている。

「いいえ」

伊都美は気丈に言い返した。

「わたくしは追跡班の責任者です。出席しなければ、部署はもちろんのこと、部下も甘く見られます」

身体も声も小刻みに震えていた。また、腰をぬかすのではないかと心配になるほど緊張しているのが見て取れた。懸命に顔を上げ、立ち上がった父親と目を合わせている。それが精一杯の訴えだったに違いない。

「わかった」

本郷は不承不承という感じで認めた。冴子たちは歩き出していたが、伊都美は急ぎ足で追いかけて来る。新しいスーツ姿で、これまた新しいローヒールのパンプスを履いていた。おそらく父親に対して見せた初めての反抗心ではないだろうか。軽い興奮と安堵感からか、頬が赤くなっていた。

「すみませんでした。歓迎会に行ったのは、わたくしの意志だと言ったのですが、聞き届けてもらえなかったのです。いやな思いをさせてしまい、本当に……」

「足、痛くないですか」

冴子は父親とは別の感情――労り(いたわ)から遮った。

「え？」

足を止めた警視に合わせて、他の二人も立ち止まる。

「靴擦(くつず)れがひどかったじゃないですか。それなのに今日はまた、パンプスを履いている。足が悲鳴を上げているんじゃないかと思いまして」

「あ」

そこで初めて痛みを感じたのかもしれない。

「急に、き、急に痛く、なりました」

伊都美は顔を覆ってしまった。冴子たちに対する申し訳なさや、父親への怒り、いや、父親を所轄に来させてしまった自分への怒りかもしれない。そういった感情が綯(な)い交ぜになって、涙があふれてきたのかもしれなかった。

三人は廊下の端に連れて行き、伊都美が落ち着くのを待っている。

「すみません。もう大丈夫です」

涙をティッシュで拭い、顔を上げた。

「本当に平気？　腰、ぬかしそうじゃない？」

「千紘はひと言、多い」

春菜が千紘の額を軽く突いた。

「今のやりとりで、緊張が解けました。すでに会議は始まっています。後ろの扉からそっと入りましょうか」

伊都美の遠慮がちな申し出を、冴子は受ける。

「いえ、前から堂々と入ります。たぶん廊下側の最前列席を空けてありますよ。そして、窓側の最前列席には本庁からの警察官が何人か座っていると思います。佐古課長は、そういう人なので」

笑って言った。

「今し方、千紘が言ったようなことを、佐古課長に言われるかもしれませんが、気にしないでください。繰り返しになりますが、そういう人なんです。両耳に空想上の耳栓をするといいですよ。そうすれば、聞こえなくなりますから」

「空想上の耳栓、ですか」

伊都美は繰り返して、考え込むような様子を見せる。

「さあ、行くよ」

冴子は先陣を切って、会議室に入った。

3

「ようやくのお出ましか。後ろからコソコソ入って来るかと思ったが、開き直ってのご登場だな」

　佐古が、皮肉を込めた苦笑で出迎えた。

「警視庁捜査2課特殊詐欺追跡班。通称、特サの女か。案外、自称かもしれんな。だれも言ってくれないから、自分たちで言い広めているんじゃないのか」

　唇をゆがめて、続ける。

「できる女性警察官と評判の三人の、ご登場を待ちかねていたところだ。新任した上司への失態を咎められたらしいじゃないか。気配り、目配り怠りないのが、死体追跡班、おっと、失礼。特殊詐欺追跡班の数少ない取り柄だと思っていたがね」

　座れと目顔で示した先は、冴子の予測どおり、廊下側の最前列席だった。さらに窓側の最前列席には、本庁の四人が座している。そのうちのひとりは佐古が目をかけている若手で、冴子たちは何度か会っていた。

　先に伊都美を自分の隣に座らせてから、それぞれが腰を落ち着けた。冴子は最前列の左端、佐古に一番近い場所に座る。会議室を一瞬、見まわしたが、女性警察官は追跡班を含めても十人に満たなかった。

「二度、同じ説明はしない主義だ。ゆえに今までの会議内容は敢えて伝えないと言いたいが、そうはいかないだろう。かいつまんで言うとだな。司法解剖は終わっていないが、被害者の内山貴士の首には絞められた痕があった」

教えたくないが、最低限はやむをえないだろうという渋々感がよく出ていた。かまわず冴子は問いかけた。

「吉川線もありましたよね」

冴子は、初めて遺体を見たときに覚えた疑問を問いかけた。

吉川線とは、被害者の首に残されたいく筋かの引っかき傷のことだ。加害者の手やヒモをもぎ離そうとした結果、自分の首にまで爪を立ててしまうことが多いとされている。

大正末期に警視庁鑑識課長を務めた吉川澄一氏が、被害者の首に縦に走る傷の存在に初めて気づき、学会で発表したことから命名された。

わざわざ確認したのが気に入らなかったのか、

「あった」

仏頂面で答えた。

「死因は窒息死ということですか」

「そうだ。現時点では推測だが、こんな感じで」

佐古は隣に立つ四十代の部下の首に、軽く右腕をからませた。部下は百七十センチぐらいで、十センチほどの身長差があるため、そのまま右腕に力を込めれば絞殺死体が誕生する体勢だ。

「首を絞めたのだろうと思われる。つまり、『スーツケース死体遺棄事件』は、『スーツケース殺人事件』に変わったわけだ。ここからは捜査1課の仕事だが、ええと、工藤雄次郎だったか」

手帳を見て言った。

「工藤は、スーツケースから転がり出た内山貴士を見て腰をぬかした、いや、気を失ったが、彼の動きが気になると追跡班の巡査長が言ったのでな。どういった点が気になるのか、説明していただこうと思った次第だ」

腰をぬかしたの部分では、伊都美に目を当て、ふたたび唇をゆがめていた。どこまでも性格の悪い男だと、冴子はあらためて感じていた。前に出て来いと顎を動かしたのを見て、冴子は春菜と立ち上がる。

「ご説明いたします」

佐古が退いた場所へ行き、春菜はホワイトボードに書く準備をする。その間に千紘が、プリントを配った。朝一番で作成したプリントであり、そのときに合同会議の段取りを三人で相談していた。

「詳細はプリントに記しましたが、原野商法二次詐欺事件の被疑者、工藤雄次郎は、事情聴取の際に奇妙な動きをしました」

冴子は手話の動きを実践する。

「これは手話で『よろしく』という意味です。見た瞬間に江東区の強盗傷害事件の被疑者、中西幸平が浮かびました。彼もまた、事情聴取のときに同じ仕草をしたからです。さらに、そのことから手話詐欺事件を思い出し、被疑者のひとりとして任意同行された自動車修理工の三善雅也のもとを訪ねました」

「順番でいくと中西幸平が最初に『よろしく』の仕草をし、次に工藤雄次郎が行ったので、それが引っかかって三善雅也のもとへ行ったわけか。お忙しいこった。二十三区内を縦横無尽に大活躍だな。で、三善雅也に中西幸平と工藤雄次郎の写真を見せた」

佐古はプリントに目を通しながら口をはさんだ。なにかひと言、揶揄しないと気持ちがおさまらないのかもしれない。お気に入りだから追跡班を呼んだのではないと言いたい部分もあるのかもしれないと思った。

「はい」

「それで？」

覆い被せるように訊いた。短気であるのを示すような問いだった。

「三善雅也には、まず最初に被害者となった内山貴士の写真を見せました。次に中西幸平です。二人に関しては、会ったことがあるという答えでした。工藤雄次郎は知らないとのことです」

内山貴士を最初に告げたのは、意趣返しに思われたかもしれない。最重要人物の名を佐古は口にしなかったからだ。またもや唇をゆがめて眉を大仰に上げたが、細かい箇所にこだわるときりがないとでも思ったのか、

「つまり、殺された内山貴士と強盗傷害事件の中西幸平は、三善雅也と同じ半グレグループに属していた可能性がある、か」

独り言のように呟いた。佐古はこういった自問まじりの事柄を繰り返して、頭の中を整理する癖があった。

「プリントに記しましたが、工藤雄次郎もまた、気になる話をしました。『ハンドルネーム、天下人』です」

冴子の言葉を聞き、会議室が少しざわめいた。ごく一部かもしれないが、天下人なる言葉を聞いたことがあったのかもしれない。

「驚いたことに、工藤は『天下人』が、半グレの人材派遣会社を密かに営業しているような話を匂わせました。裏は取れていませんが、統制の取れていない半グレの集団

に首領（ボス）が誕生したのだとしたら」

一拍置いて、続けた。

「恐ろしい事態だと思います」

今度はわざと沈黙する。半グレのボス誕生がどのように恐ろしく、どういった事態を招くのか。会議に出席した警察官全員が、個々に考えなければいけない問題だ。また、会議で発言する際、うまく間を空けるのが印象づけるやり方なのを、冴子は師匠たちから教えられていた。

「仮に巡査長の推測が真実だったとしても、しょせんは半グレだ。すぐに内部分裂して、まとまりのない集団に戻るさ。あるいは」

佐古は慌て気味に付け加えた。

「軟体動物のように形を変えながら、巨大な反社会的勢力になるか。暴力団対半グレ集団になるかもしれないな。そうなって双方が消滅してくれれば、警察にとっては願ってもないことだが」

冴子の反論を感じ取ったからに違いない。『天下人』が作っていると思しき半グレ専門の人材派遣会社は、簡単に聞き流せる話ではなかった。

「天下人に関しては、手話詐欺事件で不起訴になった三善雅也にも問いかけてみたのですが、話をするのは禁忌（タブー）という雰囲気を感じました。聞いたことはあるが、口にしたくないような印象を受けました」

　文句が出るのを覚悟のうえで告げる。

「なるほど。半グレ専門の人材派遣会社と天下人か。調べた方がいいのは確かだろうが、それは捜査2課の仕事だ」

　佐古の目顔で、中程に座っていた本庁の捜査2課・仲村健吾課長が立ち上がった。四十代にしか見えないが、実年齢は五十六歳。追跡班は何度か一緒に仕事をしたことがある。冴子は小さく会釈した。

「天下人や半グレ専門の人材派遣会社については、工藤雄次郎への聴取で知りました。工藤の身辺を調べて、関係者を洗っています」

　仲村も会釈を返して腰をおろした。

「我々からは以上だ。質問がなければ……」

　終わらせようとした佐古に問いを投げた。

「被害者の内山貴士ですが、両手の爪に皮膚片らしきものがあるように感じました。調査結果はまだですか」

　情報を渡せと内々に催促する。捜査1課の事件だと突っぱねられる可能性もあったが、佐古は世間体を気にする性格だ。皮肉や揶揄はやめないとしても、会議の席では仕方なく伝えるように思えた。

「内山貴士の爪にはさまっていたなにか」

手元の書類を繰っていたが、隣席の若手が素早く一枚を渡した。

「えー、ヒトのものと思しき皮膚片が発見されたものの、DNA型はまだ判明していない。たとえDNA型が判明したとしてもだ。犯罪者のデータに該当者がいなければ、だれのものかを証明するのは不可能ということになる」

「捜査1課の事案に興味を持ちまして、すみません。ありがとうございました。追跡班からは以上です」

壇上に立ったまま、質問はないかと会議室を見まわした。仲村がふたたび立ち上がる。

「先程、何度か話に出た原野商法二次詐欺事件の工藤雄次郎ですが、追跡班に話があると言っているんです。この後、事情聴取をしてもらいたいのですが時間はありますか」

「ご指名だぞ、追跡班。こりゃ断れないな」

佐古の揶揄は聞き流した。

「本郷警視。よろしいですか」

冴子が確認すると、伊都美は「はい」と小声で返した。戸惑っているようだったが、上司を立てるのは当然と考えていた。

「ご指名をいただければどこにでも飛んで行くのもまた、我々の信条です。喜んで事情聴取をしたいと思います」

「以上だ」

佐古が締めくくる。

本庁の捜査1課と捜査2課、さらに所轄の刑事課をまじえた捜査会議が終わった。

4

「足立区で、今、『ビッグ・ストア』を開いている詐欺師がいるんです」

工藤雄次郎は言った。

「後期高齢者の年寄りですが、人柄でしょうかねえ。慕うやつが多いんですよ。かくいう、わたしも弟子のひとりでして……密告するようでいやなんですが、親父さんもそろそろ隠退時だと思います。どんな詐欺事件かは知らないんですが、以前、弟子だったやつが逆恨みをしているというような噂を聞きまして」

「刑務所に入れば命が助かると？」

冴子は苦笑しながら訊き返した。

「はい。それに、とりあえずは食えるじゃないですか、刑務所にいれば。食えないから詐欺をするわけですからね。詐欺師の隠居場所として、あれ以上のところはありません」

と、工藤はのたまった。

「あんたみたいな考えのやつが多いから、いまや刑務所は年取った犯罪者の老人ホームになっているんですよ。貴重な税金で養っているわけですからね。簡単に考えてもらっては困ります」

「すみません」

「それにしても、工藤さん。黙秘すると言った割には、色々教えてくれますよね。しかも追跡班をご指名するとは驚きました。なぜですか」

不思議でならなかった。裏になにかあるのではと勘繰りたくなる。

「優秀だからですよ」

工藤の答えに、冴子は小さく頭を振る。

「嘘ではないかもしれませんが、真実ではありませんね。三割ぐらいの感じがします。真実を教えてください」

「三割ぐらいとはまた、微妙なところを衝いてきますね。優秀だと思っているのは、嘘じゃありませんよ」

ごまかそうとする気配を感じて再度、促した。

「真実は？」

「同じ匂いがするんです」

工藤は答えた。

「底辺から這い上がってきた者独特の空気というのか。あるいは底辺から這い上がろうとするエネルギーかもしれない。片桐さんたちには、そういう匂いがする。それで話す気になりました。追跡班に引導を渡してもらえれば、親父さんも本望じゃないかとも思いまして。女好きなんですよ」

冗談まじりだったが、今度は真実度が高まったのではないだろうか。鵜呑みにはできないものの、詐欺師を捕まえることに異存はなかった。

冴子たちは、伊都美と相談して、工藤が『ビッグ・ストア』と名指しした店を調べることにした。

ビッグ・ストアとは、なにも知らないカモを引っかけるため、周到に準備された暗黒街の劇場だ。お人好しのカモは誘い込まれたことにすら気づかず、大金を巻き上げられて放り出される。しかし、書類に判をついたり、金を賭けたりしたのは他ならぬカモ自身。訴えたところで巻き上げられた金は戻ってこないことがほとんどだった。

翌日の昼間。

冴子は、足立区の酒店に足を向けた。今は大型店で酒を取り扱うようになってしまい、こういった小さな店は少なくなっている。店主は酒の販売や配達だけでなく、雑誌や駄菓子などを置いて、放課後の子どもたちが集う場所にしているようだった。幼稚園のバスが停車する場所でもあることから、親子が訪れて、かなりの賑わいを見せていた。

(子どもの後ろには両親がいて、その両親には祖父母がいる。裕福なシニアを探すには、最適の場所だな)

雑誌を見るふりをしながら、店の奥で子どもの相手をしている店主——山本富男(やまもととみお)をさりげなく観察していた。

年は八十一、小柄な身体に量販店の品と思しきジャージの上下を着ている。三階建ての店舗は、二階と三階が住居になっており、彼の妻子や孫が一緒に住んでいた。好々爺(こうこうや)といった面影から真実の姿を知るのはむずかしかった。

(宝くじも扱っているのか)

どういう手づるがあるのかは不明だが、スクラッチも扱っていた。今回、冴子は六十近い初老の令夫人に化けている。ブランド品のスーツに指輪、高価な時計、バッグでそれらしく装っていた。

「すみません。これを」

雑誌の一冊をレジのカウンターに置いた。山本は子どもから離れて、カウンター内に入る。レジを打つまでのわずかな時間に、冴子を値踏み(ねぶ)した気配が感じられた。目がそういうふうに動いたのである。

（こいつ、詐欺師だ）

ワクワクしてくるのを止められなかった。おそらく詐欺師もそうだろうが、こういうとき、追跡班の三人は獲物を見つけた雌豹(めひょう)のように胸が高鳴る。工藤の密告が確かなのを、冴子は肌で感じていた。

（この店が『ビッグ・ストア』だとは思えないけれど）

カモを引っかける出店のような役割をはたしているのかもしれない。

「スクラッチも二枚、お願いします」

ついでに頼み、その場でブランド品の財布から小銭を出して削った。うまい具合にと言うべきだろう。下手に当たると後が面倒なので、外れたのはいい流れだった。

「残念。いつものことだけれど、くじ運がないわね」

声のトーンをさげて、若い声だと気づかれないようにする。年寄りにありがちな力のない囁くような話し方を意識していた。

「また、どうぞ」

山本は笑って、目を上げる。

「あまりお見かけしないお顔ですが、このあたりに引っ越していらしたんですか」

探りを入れてきた。目を上げる刹那、指輪や時計に一瞬、目を走らせたのを見のがさない。これはいいカモかもしれないぞと、彼も胸を高鳴らせているかもしれなかった。

「両親の介護で駅近くにマンションを借りたんです。実家は古いうえに、手入れをしていないものですから汚くて。ひさしぶりに行ってみましたら、隠れゴミ屋敷みたいな感じで家の中はゴミだらけ。臭くて、とても住めないんですよ」

鼻に皺を寄せて、実家を嫌う権高(けんだか)なシニア夫人を演じた。これはますますいいとでも思ったのか、山本は相好(そうごう)を崩した。

「そうですか。大変ですねえ。スクラッチを買うようなタイプには見えませんでしたが、色々と鬱憤(うっぷん)がたまっておいでになるようで」

唇には笑みを形作り、言葉にはさも同情するような偽りのやさしさを込めた、ように思えた。

「そうなんです。自分の親ですから放っておくわけにはいきませんからね。まあ、両親が亡くなった後は、更地にして売ればいいかとは思っています。よけいなリフォームはしたくないんですよ。それで借りた部屋から通っているんです」

冴子も負けじと嘘八百を並べ立てる。無駄金は使わないと言いつつ、スクラッチを買ったりするのは、アンバランスな精神状態をわざと知らせるためだった。

「スクラッチはよく買われるんですか」

山本はできるだけ具体的な話を引き出そうとしていた。あたりまえだが、カモの情報は多ければ多いほどいい。

「ええ。宝くじもよく買いますよ。残念ながら一度も当たったことはありませんけれど」

と、可愛らしく肩をすくめる。隙だらけの令夫人を装うのは面白かった。伊都美であれば装うことなく、地のままでいけるのではないだろうか。もっとも正直すぎて、すぐにボロが出てしまうのは確かだった。

「カード遊びなどは、どうですか？」

山本は声をひそめて訊いた。一歩踏み込んだのを感じたが、気づかぬふりをしていた。やはり、どこかに『ビッグ・ストア』の舞台があるのではないだろうか。

「カードって……ポーカーとかブラックジャックとかいう、あれですか」

「はい。知り合いが駅近くのマンションで時々開催するんですが、面白いですよ。あくまでも遊びですがね」

「代金がお高いんじゃないんですか」

「入場料として二千円、最初に二十枚程度のチップがつきます。渡された二十枚がなくなったときには、新たにチップを買ってもらって賭けるというシステムです。厳密に言えば賭け事はご法度ですが、堅く考えないでください。遊びですよ、パチンコと同じです」

遊びを繰り返して安心させようと腐心する。この酒店も怪しいが、他に本格的なビッグ・ストアがあるようだ。

「なんだか恐いわ」

冴子は大仰に身震いしてみせる。

「大丈夫ですよ。ただの遊びです。なんだったら、ご主人やお知り合いを誘ってくればいいじゃないですか。ひとりより二人だ。それなら安心でしょう?」

上目遣いの両目に、したたかな一面が浮かび上がっていた。酒屋の親父の顔が、だんだん剝がれ始めていたが、もちろん口にはしなかった。

「そうねえ」

冴子は考える素振りをした後、

「やっぱり、やめておきます。遊びでポーカーはやったことがありますけれど、スクラッチと同じで勝った例がないんですよ。賭け事は向いていないと思いますので」

まずは軽くかわした。

「いや、そういう素人さんが、大儲けするんです。ちょっと待ってください。連絡してみますよ。確か今夜もやる予定だったと思うんですが」

　山本は必死だった。そして、冴子は未練があるような顔をして、電話の結果を待つとともに、詐欺グループが尾行者を手配するのを待っていた。とはいえ、今夜は所轄の応援部隊が揃わないことも考えられる。

「今夜はちょっと無理です。父と母の世話がありますので」

　それらしく手帳を取り出した。

「いつならば、ご都合がいいんですか」

　山本は電話の相手を待たせて訊いた。

「ええと、明後日ならば……大丈夫です。両親は介護施設に泊まる日ですから、どうにか行けると思います。あまり長居はできませんけれど」

「お待ちください」

　片手を上げて、通話を再開する。早口でやりとりし、すぐに終わらせた。

「奥さんは運がいい。ツイていますよ。明後日の夜七時からポーカーを行うようです。女性のディーラーが来ますので、より安心なのではないかと思います」

　警戒心をやわらげるための策だろう。なかなか行き届いていた。

「そうですか。ただ、お約束までは、できません。両親がおりますでしょう。二人とも高齢のうえ、体調が思わしくないんです。介護施設に泊まる予定ですが、どちらかが緊急入院ということもありますので」
「わかっております。ご都合がついて、その気になられたときには、おいでください
ということです。いい気晴らしになると思いますよ。場所は駅近くのマンションの最
上階ですから」
　渡されたメモ用紙をバッグに入れて会釈する。
「なんだか、すみません。単なる遊びの話なのに、お手数をおかけいたしました」
　気合いの入り方を見れば、単なる遊びではないのはあきらかだ。虎視眈々とカモが
来るのを待っているに違いない。
「とんでもない。当日の夜は、わたしも行っていますよ。その方が奥さんは安心だと
思うので」
「まあ、重ねがさね、申し訳ありません。それでは、失礼いたします」
　冴子は完璧に演じきって、酒店を出た。大通りでタクシーを拾い、借りたばかりの
ワンルームマンションに向かう。春菜がバイクで様子を見ているはずだが、後ろを振
り返るような真似はしなかった。
（釣り上げられたふりをして、釣り上げた）
　冴子はマンションで待つ千紘と伊都美にメールを送る。電話の方が早いのはわかっ
ていたが、もしかしたら、このタクシーの運転手も山本の仲間かもしれない。油断は

できなかった。

（捕まえてやるよ。待ってな、悪党）

騙すか、騙されるか。

コン・ゲームの始まりだった。

5

当日の夜。

冴子と千紘は、極上のブランド服を身にまとい、宝飾品で飾り立てて目的のマンションを訪れた。もちろん、上から下まで本物である。

驚いたことに玄関はホテルの受付のような造りになっており、靴を脱がなくても大丈夫だったのでコートだけを預けた。入場料として二千円を支払ったとき、女性による簡単な身体検査があったものの、いかにも儀礼的ですぐ奥に案内された。

冴子は耳に無線機のワイヤレスイヤホンを付け、胸元には隠しマイクを仕込んでいたが、イヤホンに関しては一般人がスマホで使うような仕様になっている。胸元の隠しマイクは、上着の下にインナーとして着た黒いブラウスのお陰で外からは見えない。

身体検査役の女性は、なんの疑問も持たなかった。

「まあ、すごい」

冴子はごく自然に声を上げる。おそらく4LDKの間取りなのだろう。南側に二部屋、北側に二部屋の造りで、真ん中が二十畳程度のリビングルームになっている。

広々としたリビングルームには、ポーカー台とルーレット台が並び、ホテルのラウンジといった感じの造りになっていた。キッチンとして使われる場所にはカウンターが設けられており、バーとして使われているらしい。カウンター内には女性のバーテンが立っていた。安心させるためではないだろうか。ディーラーもだが、女性を多く使っていた。

十階建てのマンションの最上階から眺める夜景は最高に美しく、別世界をうまく演出していた。

すでに三人の客が、ラウンジのポーカー台とルーレット台でゲームをしていた。ざっと見たところ、従業員はバーテンを含めて十人程度。若いイケメンや美女揃いだった。

(かれらは仲間、もしくは臨時に雇われたサクラか)

それが『ビッグ・ストア』と名付けられた所以(ゆえん)である。

断定はできないが、ここにいる者たちは客を装った山本の仲間の可能性が高かった。入り口の女性はもちろんのこと、夜の社交場すべてが、大きな詐欺を仕掛けるための場所なのだ。ビッグ・ストアには小さな商店からカジノ形式の大掛かりな店まで、ピンからキリまであるが、ここは規模で言えば中程度という感じがした。

冴子はバッグに仕込んだ監視カメラを、従業員だけでなく、ポーカーやルーレットを楽しむ盛装の男女たちに向けた。身体検査ではわからないように、春菜がうまく取りつけていた。

「夜の社交場へようこそ」

タキシード姿の山本富男が、深々と辞儀をした。町の小さな酒店の地味な姿から一転、紳士の装いになっている。もっとも長年、詐欺師を生業にしてきたせいか、残念なことに気品や威厳まではそなわっていないように見えた。

「わかりませんでした。見違えましたわ。まるで別人ですね」

「失礼よ、ママ」

すかさず千紘が窘める。偽の戸籍を使い、すべてを偽っているのはもちろんだが、千紘は冴子にとっては三人いる子どもの一番下という設定だ。得意のメイク術でふだんとは違う感じにして、土地成金のにわか令嬢を装っていた。

「失礼しました。電話でご了解をいただきましたが、一緒に行きたいと、この娘が急に言い出したんですの。二人とも、こういう場所は初めてなので少し緊張していますす」

冴子も話を合わせる。偽夫の実家は練馬区の地主で、義父の代から駅前で不動産屋を営み、裕福な暮らしをしているというのが表向きの設定だ。

　実際は追跡班の二人と所轄の警察官が、空き部屋だった同じ階の部屋に潜んでいる。逃げられないように玄関周辺やエントランスホールの見張り役、覆面パトカーによる巡回、さらに駐車場近くの裏口付近には、何台かの覆面パトカーが控えていた。本庁の捜査2課にも連絡を入れて、万全の態勢を整えている。

「ここは日本版の本格的なカジノの魁として、二年ほど前にオープンしたんです。先日も言いましたとおり、お客様から頂戴するのは、受付でお支払いいただきました入場料の二千円のみ。チップを追加する場合は料金をいただきますが、あとは無料で酒を飲めるうえ、軽食程度ならば食べられます。寿司やピザといったものは、取り寄せられますので遠慮なくお申しつけください」

　仮面を着けた冴子たち同様、山本はカジノの一員になりきっていた。オーナーと持ち上げてやりたいところだが、やはり、少し品位に欠ける。とはいえ、密告者の工藤雄次郎を信じるのであれば、彼がオーナーの可能性は非常に高かった。

（二年も巧くやり過ごしてきたわけか。下手をすると、本庁や所轄の警察官を買収しているかもしれないな）

　胸に刻み、笑みを返した。

「至れり尽くせりですね。ありがとうございます」

「ざっとご案内しましょう」

山本は言い、先に立って歩いた。LDK以外には四部屋あり、すべてにポーカー台が置かれていた。ルーレットを楽しめるのはリビングルームだけらしく、これはルーレットでイカサマができる人員不足のせいかもしれない。

二部屋で男女のカップルがポーカーをしていた。ひと組は三十前後の若者、もうひと組は六十前後のシニアカップルだ。扉を閉めると個室は密室へと変化するが、解放感と安心感を与えるためなのか、扉は開け放されていた。

「いかがですか。おかしな人間がいないのは、確かめていただけたと思います。さて、それではなにをやりますか」

「わたしは、空いている個室で、ひとり楽しく遊びます」

千紘が言った。

「いいでしょ、ママ」

「仕方ないわね。あなたのチップ分は楽しみなさいな。それ以上、遊びたいときは、自分のお小遣いでやること」

「しっかりしてるでしょう?」

千紘が山本を肩越しに見やる。

「いつも、こういう感じなんです。ケチなんですよね、本質的に。蔵にはお宝がうなっているのに……」

「ほら、あなたはあちらへ行きなさい」

遮って、千紘の尻を軽く叩いた。調子に乗りやすいのが玉に瑕。千紘は「イー」というように鼻に皺を寄せ、空いていた個室に入って行った。部屋の係に違いない。年齢を千紘に合わせたのか、若い男女があとに続いた。

「奥様はどうしますか」

山本はぴったり張りついている。この数日で冴子たちの偽情報を丹念に調べたことだろう。かなり上クラスのカモだと思っているはずだ。今夜は遊ばせてやり、後日、大きな仕掛けをして大金を奪い取るというのが、彼の描いた筋立てではないだろうか。あるいは今夜も、奪い取るつもりなのか。

「わたしは、あちらのシニアカップルのポーカーに加わりたいと思います。ひとりでポーカーをするのは、つまらないですから」

冴子はひとつの部屋を指した。シニアの男女カップルがすでにポーカーを楽しんでいたが、かれらも山本の仲間かもしれない。仮に一般人だった場合は、気の毒だが最低でも今夜一晩、留置場泊まりになるかもしれなかった。

「わかりました。どうぞ、こちらへ」

山本に案内されるまま八畳程度の部屋に入る。リビングルームはもちろんだが、どの部屋にも高価なペルシャ絨毯らしきものが敷き詰められて、豪華さを高めている。

山本のセンスは悪くないようだった。

「こういう場所は未経験なんです。よろしくお願いします」

冴子は台の端にチップを置き、謙虚に告げて座る。

「ルールもご存じないですか」

山本の質問には頭を振った。

「先日も言ったと思いますが、家族でやることがありますので、ルールはわかります。配られた五枚のトランプの札を何枚かチェンジして、なにを集めるかを決め、役の強さを競うゲームですよね」

「そうです。なんだ、ベテランじゃないですか。これは油断できませんね。勝ち逃げされる可能性が、なきにしもあらずだ」

目顔を受けて、女性のディーラーがカットしていたトランプ──正しくはプレーイングカードと呼ばれるものを配り始める。ダイヤ、スペード、ハート、クラブ。最初から好カードが手元にきた。山本は扉付近に立って、なにをするでもなく眺めていた。

（スペードとクラブのエース）

まずはエースのワンペアとなって、冴子は三枚のカードを捨てる。女性のディーラーから渡された新たな三枚のうちの一枚は、ダイヤのエースだった。

（スリーカード。華を持たせてあげましょうってことか）

二枚捨てて、二枚、受け取る。どの部屋かはわからないが、何度も歓声がひびいていた。新たに配られた二枚のうちの一枚は、たった一枚揃わなかったハートのエースだ。

「フォーカード、かしら」

冴子はさも自信なさそうに山本を振り返る。待っていましたとばかりに近寄って来たとたん、目を丸くした。

「これはすごい。エースのフォーカードじゃないですか。今夜はツイていますね。お嬢様も奇跡のような読みをなさっていますよ。勘働きが素晴らしいですね」

天まで昇れとばかりに持ち上げた。いささか興を削がれるほどに露骨なやり方なのは、それだけ獲物に飢えているからかもしれない。今夜は母娘ともども小金を儲けさせてやり、後日、何十倍、いや、何百倍だろうか。財産すべてを奪い取る企みのように思えた。

「先程からの歓声は、それですか」

冴子はわざと不快感を示した。

「はい。霊能力があるのではないかと思うほど、ズバズバ当てていきますよ。たまにですが、いらっしゃるんですよね、そういう方が。お嬢様は特殊な能力をお持ちなのかもしれません」

山本の言葉に苦笑いを返しそうになったが、こらえた。

「すみませんが、いったん抜けて、娘の様子を見に行ってもよろしいですか。あの娘、大胆なところがあるんです。気をよくして賭けた結果、大負けされたら、主人に叱られてしまいますわ。今夜、ここに来るのは内緒なんです。ピアノのコンサートに行くと嘘をついて来ましたので」

もっともらしい申し出を断るはずがない。

「もちろんです。ご心配は杞憂に終わると思いますが、親御さんにしてみれば当然でしょう。どうぞ、こちらへ」

6

山本がふたたび先に立って案内する。冴子は女性のディーラーとシニアのカップルに会釈して、立ち上がった。ラウンジのような場所にいた三人も興味をそそられたのか、千紘がいる部屋に移動していた。

小さな歓声の後、

「おお、また当てた」

「どうして、わかるのかしら」

「やっぱり、霊能力者だ」

口々に囁いた。千紘はひとりでポーカー台の前に座り、若い男性のディーラーと一対一の勝負をしていた。台に伏せられた三枚のカードから、クィーンを選んでみろとディーラーに挑発されたのだろう。

伏せる前にあらかじめ、クィーンをチラリと見せたうえで素早く入れ換える。これを繰り返して、徐々に賭け金を吊り上げるメキシコ生まれの単純で手軽なトランプゲームだ。

巧みなカードさばきと面白い口上で客を集め、サクラを紛れ込ませて賭けさせるのが詐欺師の策だった。

（スリーカードモンテか）

冴子は冷静に状況を見ている。ずいぶん古いゲームをやるものだと思ったが、トランプゲームだけでなく、詐欺師の奸計はだいたい昔の詐欺を基にしたものが多い。現代はそこにインターネットという化け物が加わるわけで、複雑になるのは無理からぬこととといえた。

「続けますか」

ディーラーの問いに、千紘は頷き返した。ふたたび三枚のカードが入れ換えられる。

時折、片掌を広げて隠すようにしながら、目にも止まらぬ早業でカードを並べた。

「これ」

千紘は躊躇うことなく、真ん中の一枚を選んだ。ディーラーが裏返すと、またもやクィーンが現れる。今度はわあっと大きな歓声が上がった。いつの間にか、ポーカーに興じていたシニアカップルや若いカップルも観戦していた。せいぜい六畳程度の部屋に集まって、暑いほどになっていた。

「不思議だな。どうして、わかるんですか」

若いイケメンのディーラーは、作り笑いとともに訊いた。痩身にタキシードを着た姿は女性客を虜にするような魅力にあふれていたが、種明かしをすればなんのことはない。クィーンのカードはほんのわずかだが角を曲げられているのだ。眼がいい千紘はそれを見のがさず、答えているだけだった。

（あるいは、三枚とも全部クィーンという可能性もある）

冴子は抱えたバッグの隠しカメラを台に向けている。

「なんとなく、わかるんです。当てずっぽうです」

千紘は涼しい顔で答えた。暇があるときは部署でイカサマごっこをして、日々、勘働きと眼力を鍛えている。詐欺師に対抗するには、訓練が欠かせなかった。

（客が調子に乗って多額の金を賭けたとき、ディーラーはイカサマ師の本領を発揮。哀れ客は大負けして、下手をすれば借金を作るはめになる）

冴子は千紘の後ろに立ち、肩に手を置いて合図する。あらかじめ幾つかの段取りを決めていた。

「少し休憩しましょうか」

右肩を二度、叩いて気持ちを落ち着けようと伝えた。左肩を二度のときは、引き上げる知らせだ。

「休憩なんかしたら、せっかく勝っているのに、ツキが落ちちゃう。もうちょっとだけ、いいでしょう、ママ」

千紘は肩越しに見やって甘えた声を出した。今の流れを変えたとき、山本はどんな動きを見せるか。

「仕方ないわね。それじゃ、あと二回だけよ」

答えながら冴子は、ディーラーが素早くカードを取り替えたのを見た。五十三枚のうちの三枚を台に置いた状態だったため、五十枚のトランプカードが残っていたのだが、そこから三枚を取り、置いてあった三枚とすり替えたのである。千紘が肩越しに冴子を振り返った一瞬の出来事だった。

「頑張って」

いかにも娘を応援する母を演じつつ、軽く肩を揉む。カードを替えたときだけに使う合図だった。

「はい」

千紘は心持ち顔を引き締めたが、満面の笑みに変化はない。ニコニコしながら賭けるチップを減らして様子を見る策に出た。

「おや、どうしたんですか。チップの数が急に減りましたね。ツキをのがさないために続けることにしたんじゃないんですか」

山本がすかさず挑発する。客を煽って賭けるチップの数を、どんどん引き上げるつもりなのだろう。

「思いきっていけばいいのに」

「そうそう、大丈夫だよ」

若いカップルが、山本を後押しする。他人事なので気楽なものだ。見物人が多ければ多いほど、客は虚栄心が働き、引きにくくなる。そういった心理を巧く利用しているように感じられた。

「わたしは、そのチップの数でいいと思うわ」

冴子は無難な線を口にしたが、

「増やします」

千紘はチップを倍に増やした。二十枚だったチップは、今まで勝ち続けたことによって、五十枚ぐらいまでになっている。換金すればそこそこの金額になるだろうが、生来の負けん気を刺激されたようだった。

（『カモは死ななきゃ直らない』という、追跡班の金言を忘れたか。もしかしたら、負け始める兆しかもしれないのに）

流れを変えたのは冴子だが、千紘は自分の勘を信じた。しかし、現状ならば負けても、たかが知れている。それでも場は緊迫した。

「よろしいですか」

ディーラーが確認するように訊いた。

「はい」

千紘は目を見て答える。ディーラーが真ん中のカードを裏返した刹那、

「うわぁっ」

という大きな歓声が湧き起こった。ハートのクィーンが現れたのである。まるで微笑んでいるように見えた。

「すごい、すごいわ」

「外れなしだ」

「ちょっと恐いぐらいだな」

口々に上がる声を、冴子は苦笑で受けた。

「まぐれです。あるいは、娘を喜ばせるためにイケメンのディーラーさんが、三枚の

カードすべてを、クィーンにしてくれたのかもしれませんね」

思いきった言葉を投げる。すぐにディーラーは頭を振った。

「それはありません。自分はイカサマは絶対にしないと決めていますので」

ディーラーが反論する。

「そうよ、ママ。しらけるようなことを言わないで」

かたを持った千紘は、演技力たっぷりに唇を尖らせた。もっとも演技ではなく、いつもの惚れやすさが出て、イケメンのディーラーを好きになりかけているのかもしれない。両目にハートマークが浮かんでいるかのようだった。

「いいわ。それじゃ、残りの二枚を見せていただきましょうか。はっきりさせたいと思います」

いかが？

というように見物客を見まわした。頷いた者あり、目を逸らした者ありと、山本の仲間かどうかの簡単な判別法になったのではないだろうか。冴子と千紘のやりとりは即興だが、面白い流れになっていた。

残りの二枚がクィーンだったとしても、おそらく山本たちは娘役の千紘を喜ばせるためだったと説明するだろう。ここが『ビッグ・ストア』と断定することはできないが、山本富男たちへの疑惑が増すのは確かだった。

「みなさん、異存はないようです」

と、冴子は山本に目を向けた。

「ですが」

反論しようとしたディーラーを、山本は手で止める。

「はっきりさせましょう。そうすれば、すっきりします。はっきり、すっきりですよ。

やってもらいましょう」

「それではお願いします」

冴子は継いで促した。渋々といった様子だったが、イケメンディーラーは二枚のう
ちの一枚に手を伸ばした。

まさにそのとき、

「よせ。やめろ」

イヤホンから男の声がひびいた。空き部屋に控えている本庁の捜査2課長だろう。

冴子たちが来たときはいなかったのだが、遅れて合流したに違いない。ほとんど同時
に冴子は「やめてください」と仕草で指示する。

「おとなげない真似をいたしました。今宵はここまでにいたします。ピアノコンサー
トが終わる時間ですので」

冴子は千紘の左肩を叩いて、帰り支度を整える。なぜ、捜査2課長は止めたのか。

山本への疑惑を確かなものにするためだったものを……。
（遅れて来た挙げ句、いきなり、これですか）
懸命に怒りを抑えていた。

第5章　銀詐欺

1

その夜。

「どういうことですか。事前に執り行った追跡班の会議には出席せず遅れて来た挙げ句、突然、『よせ。やめろ』というあれはなんですか」

冴子は、捜査2課の課長・仲村健吾、五十六歳にくってかかった。場所は警視庁の追跡班部署で、伊都美を含む全員が残っている。時刻は午前零時に近づいていた。

「山本富男は泳がせておくようにという指示が上からきた。おれも詳しいことはわからないんだよ。答えようがないんだ」

仲村は肩をすくめて答えた。涙もろい人情家で部下の面倒見もよく、上司の評価も高いという噂だった。確かに実父の佐古のように居丈高な言動は取らないし、いちおう表面的には追跡班の顔を立ててくれる。しかし、反面、とらえどころのないアメーバのような男という印象を、冴子は拭いきれなかった。

実際のところ、裏では佐古光晴と繋がっているようなのだが、そんなことはおくびにも出さない。さらに佐古と仲村の上司というのは警視庁の幹部だろう。冴子たち三人をよく思っていないのは確かだった。二人の課長が追跡班のお目付役という点も、共通しているのではないだろうか。

「遅れてきたのは、上司及びお偉方と話していたからですか」

推測を含む問いを投げた。上というのは上司だろうが、そこに幹部クラスが含まれていたかどうかはわからなかった。

「まあ、そうだな」

曖昧に答えた仲村の目は、デスクの前に座した伊都美に向いた。警視は何度となく、ぴくりと身体を震わせている。冴子は理由を察していたが、口にはしなかった。

「部下は納得できていないようですが、本郷警視はいかがですか。急遽（きゅうきょ）、引き上げるように指示したのは、わたしの上司のミスだとお考えですか。あの場で連中のイカサマを暴くべきだったと思いますか」

伊都美の性格を知っているのではないだろうか。たぶん答えられないとわかっているに違いない。プレッシャーをかけるように真っ直ぐ目をあてていた。

案の定と言うべきか、

「えっ」

伊都美は驚いたように目を上げた。沈黙されたまま何分間かが過ぎれば、帰宅が遅くなると考えたのかもしれない。

「いかがですか」

間髪容れずに再度、促した。

「わた、わたくしは、やむをえない事態ではないかと……とにかく上からの指示ですから。仲村課長が従ったのは、正しい判断だと思います」

小さな声で答えた。消え入りそうな表情は、父親の本郷元署長と同席していたときと同じだった。それを見ただけで冴子は、仲村への追及を続けられなくなる。

「わかりました。お引き取りください。わたしたちへの説明のために、わざわざおいでいただきまして、ありがとうございました。貴重なお時間を割いていただきまして、申し訳ありませんでした」

立ち上がった冴子に倣い、真っ先に伊都美が立ち上がる。納得できないのを示すように千紘と春菜は立ち上がるのが遅れたものの、仕方なさそうに従い、四人で仲村を見送った。

「申し訳ありません」

伊都美が深々と辞儀をする。

「特殊詐欺追跡班の責任者としては、山本富男たちの悪事を暴くべきだったと思うのですが、どう言おうかと悩んでいるうちに」

仲村に促されたため応じてしまったのだろう。弱気で自信のない警視が恐縮したところで事態が変わるわけではない。最後の部分はほとんど聞き取れなかった。

「あの流れでは、仕方がなかったかもしれません。残る二枚のカードが仮にクィーンだったとしても、娘役の千紘を喜ばせるためだったと言い訳されれば終わりです。逆にクィーン以外のカードだった場合は、気まずい空気になったでしょう。泳がせておくというのが上の考えならば、山本富男との繋がりは断ち切らない方がよかったと思います」

冴子の考えを聞き、伊都美は笑顔になった。

「では、あの対応で正解だったわけですね」

「正解とまでは言い切れません。最終的な結果――足立区のマンションを舞台にした山本富男の『ビッグ・ストア』の正体を暴き、あの場にいた詐欺師集団を検挙できるかどうかにかかってくるわけで……」

「はい。今日はここまでにしましょう」

千紘が割って入る。

「日付が変わりました。本郷警視はお帰りください。あたしたちはもう少し残って、明日の打ち合わせをします。遅くなったときには、ここに泊まりますので」

「ですが」

「先程から何度も携帯に連絡が入っているんじゃないですか」

冴子は小さな変化を見のがさなかった。伊都美の身体が何度かぴくりと震えたのは、携帯の振動を感じたからであり、親からの電話だとわかりながら出るのを我慢していたのは間違いなかった。

「ご指摘どおりです。山本富男の件は残念な結果になりましたが、繋がりが残ったのはよかったという前向きな片桐巡査長の言葉に安堵しました。わたくしの力不足ですみません。なかなか思うようにはなりませんね」

「じっと我慢の子」

千紘の言葉を、クロノがすぐに継いだ。

「昨日の占いでは、大アルカナの十二番目のカード『吊るされた男』が出ました。意味は犠牲です。補足しますと、自分を抑えてチャンスを待つカードになります。小野巡査は勝手に『じっと我慢の子』などと解釈しています」

「へえ、すごいね、クロノ。日付が変わったのを、ちゃんと認識して昨日と言ったじゃない。それに千紘の解釈を聞いただけで、タロットカードの意味を告げたのもすごい。日々、進化しているじゃないさ」

冴子は仲間うちの口調になっていた。褒め言葉に、クロノは引き攣るような笑みを返した。

「お褒めに与りまして恐悦至極に存じます。小野巡査がこまめにデータを補足して、プログラミングし直してくれるのです。これはわたしの推測ですが、もしかすると、わたしにホの字なのかもしれません」

ロボットゆえ唇をゆがめただけの不自然な作り笑いになる。しかし、そういう笑みを浮かべる現代人が、増えているように感じられた。

「最後のおかしな表現をインプットしたのも」

冴子の冷ややかな視線を、春菜が受けた。

「今のはわたしです。粋な表現もアリかなと思いまして」

「とにかく」

ふたたび千紘が言った。

「本郷警視はお帰りください。恐いお父上が、いつ、あのドアから飛び込んで来るかもしれないと思うと、あたしは気が気でなりません。遅くなりましたので心配なさっていると思います。クロノが認識したとおり、日付が変わってしまいましたからね」

わざとらしく、壁に掛けられた時計を見上げる。デジタル時計ではなく、三人が好きなアナログ時計を使っていた。それでも伊都美は、なかなか席を立とうとはしなかった。

「わたくしがいると邪魔ですか」

「いいえ、決してそんなことはありません。ただ、先日、あれだけ注意されましたから、
あ、そうだ」

千紘は机に置かれたクロノの端末に目をとめ、手に取った。

「チビクロを持って行けばいいじゃないですか。ベッドの脇にでも置いていただけば、
あたしたちの話が聞けますよ」

「あんたにしては、いいアイデア」

「だからね、冴子。『あんたにしては』っていうそれ、やめてよ。あたしはいつも出来る女なんだから」

「はい。では、これを」

春菜がチビクロを取って、伊都美に手渡した。

「よろしいのですか」

警視は念のためという問いを投げる。

「お持ちください。明日、忘れずに持って来ていただくことと、奪い取られたり、盗まれたりしないように、ご留意いただければと思います」

冴子が代表して答えた。言われて気づいたのではないだろうか。伊都美は急に真剣

な顔になる。

「仰るとおりです。盗まれたりしたら大変ですね。気をつけます」

返事を聞いて、冴子は逆に不安を覚えた。

（言われなくても気づくでしょう、普通は）

伊都美はチビクロをブランド品と思しきスカーフに包み、エコバッグを広げてそっと中に収めた。その間も携帯が振動していたのかもしれない。

「それでは、お先に失礼いたします」

身支度を整えるや、そそくさと出て行った。

2

だれからともなく溜め息が洩れる。

「さあ、なにか言うなら今のうちだよ。チビクロは今、警視のエコバッグの中にいるからね。スイッチが入ったら内々の話はしないのがお利口さんのやり方。まったく世話がやけるったら」

冴子の言葉を、春菜がふだんどおりの仏頂面で受けた。

「運動神経が鈍くて気が弱い。自信がなくて頼りない」

「でも、可愛い」

千紘が最後を締めた。

「癒し系だよねえ、伊都美ちゃんはさ。一緒にいると、なごむもの。殺伐とした追跡班に、ほっとした空気をもたらす貴重な存在だと、あたしは思うな。冴子と春菜はピリピリしすぎだからさ。ちょうどいいんじゃないですか」

「あんたは、ゆるみすぎなの」

さて、と、冴子は気持ちを切り替えた。

「班会議を始めましょうか。山本富男は泳がせることになりましたが、いくつか気になる点があります。それを挙げていきます」

ホワイトボードを引き寄せるのと同時に、千紘と春菜は自分のデスク前に座っていた。伊都美は迎えに来た父親の車に乗って、さっそくチビクロのスイッチを入れたのかもしれない。それを知らせる表示が、クロノの前に置かれたパソコンに流れた。

「わたしの端末が、スイッチオンされました」

念のためという感じでクロノが告げた。

「了解。まずは気になる事件の概要を確認します」

冴子は深夜の班会議を開始する。

「一件目は江東区で起きた強盗傷害事件。シニアだけを標的にした悪質な事件です。逮捕されたのは中西幸平、二十五歳。二件目は原野商法二次詐欺事件で、逮捕されたのは工藤雄次郎、四十歳。中西と工藤は、手話の『よろしく』というような動きを見せました。偶然なのかもしれませんが、あたしはこれが引っかかっています」

冴子はホワイトボードに黒マジックで書きながら、重要な箇所は赤で囲う。

「手話だった場合、いったい、だれに向けられたものなのか」

春菜がぼそっと言った。

「え?」

意外そうに千紘は、二人を交互に見る。

「あれって、そういう意味がある仕草だったの。要するに、中西と工藤は、だれかに向けて『よろしく頼む』みたいなメッセージを送ったってことなの」

「遅いねえ、千紘は気づくのが。なにか意味があるからこそ、あたしは気になると言ったんじゃない」

「ちょっと待ってよ。だれかって、だれ?　もしかしたら、警察官かもしれないってことなの?　半グレグループに通じている内通者がいるかもしれないってこと?」

切迫した千紘の問いかけには曖昧な笑みを返すにとどめた。

「可能性としては否定できません。とにかく、手話メッセージについては、あらためて記憶にとめおいてください。続けます」

冴子は言い、ボードに書き始めた。

「池袋の事務所に戻った工藤を、あたしが訪ねて行ったとき、宅配便で遺体が届けられた。これが三件目で、『スーツケース殺人事件』となった。被害者は内山貴士、二十歳。若いね。おそらくカモリスト、なかでも金持ちのゴールドカモリストと呼ばれる名簿係や繋ぎ役を務めていたと思われます」

くだけた口調や畏まった口調に感想なども入れるため、綯い交ぜになっている。思いつくままなので気にしなかった。

「中西幸平と工藤雄次郎の共通項は手話です。その流れで手話詐欺事件で任意同行されたことのある男――三善雅也、二十一歳を訪ねた。墨田区の町工場〈サンゼン修理工場〉です。ここまでで、なにか気づいたことは？」

冴子は二人に訊いた。ともすれば昼間の疲労感から眠くなる時間帯だ。頭をはっきりさせておくために、わざと緊張を強いた。

「ええと、中西幸平、内山貴士、三善雅也の三人は、工藤雄次郎が言うところの『半グレの人材派遣会社』から派遣された可能性がある、かもしれない。工藤雄次郎自身も属している、あるいは属していた可能性があるんじゃないかな」

千紘は自分の手帳を見て答えた。

「右に同じ。手話が繋ぐ悪党の縁と言うか。繋がりがあるように思います。天下人という、ふざけたハンドルネームを持つ首領らしき存在が、わたしは非常に気になりますね。危険な匂いがするように思えて」

春菜が淡々と継いだ。しかし、語られた言葉は重い意味を持っている。まとまりがなかった半グレグループがひとつになったとき、いったい、どんな組織になるのか。冴子はまたしても鳥肌が立つ感じを覚えた。

「わたしからも一点」

ボードに書く手をとめて二人を振り返る。

「もうひとつ、共通項があります。さて、それはなんでしょうか」

三つの事件には、手話や『半グレの人材派遣会社』だけでなく、別の共通項がある。その問いに対して、千紘は不満そうに唇をとがらせた。

「わかりませーん」

「結論を出すのが早すぎますね。せめて、もう少し考えるふりだけでもしてください」

春菜はどうですか」

「被害者がシニア？」

自問まじりに告げた後、

「違うか。スーツケース殺人事件に、シニアは出てこないな」

「確かにそうだけど、江東区の強盗傷害事件の被害者はシニアです。内山貴士の殺害に関しては、まだ犯人が特定されていないのでこれは保留。でも、内山と知り合いであるのを認めた工藤雄次郎は、原野商法二次詐欺事件を企てて、シニアになったかつての被害者をターゲットにしていた。シニアが登場しないとは、言い切れないような気がします」

「なるほどね」

千紘は手帳に書き加えて顔を上げる。

「そういえば、手話詐欺事件の三善雅也の事案も、安い羽毛布団を売りつけた相手はシニアだった。大勢の人を集めて行う催眠商法の一種だと思うけどさ。そうか。シニアが被害者の事件ばかりなんだ」

嚙みしめるように呟いた。

「当たり。千紘にこれ以上の答えを求めるのは酷でしょうか。一連の流れの中、もうひとり、シニアが登場しているんですが」

「神谷彬？」

再度、春菜が自問のように言った。

「正解です。ついでにビッグ・ストア事案の山本富男を加えれば、ほとんどの事件と事案にシニアが登場。ちなみに山本の件はまだ事件と断定されていないため、事案と表現しました。シニアは圧倒的に被害者側に多いですが、もしかしたら、山本富男のような加害者がいるかもしれない」

「マルチ商法に関しては、はじめは被害者だった人間が、家族や友人を勧誘したことによって加害者になる」

千紘が挙手して告げた。

「そのとおりです」

冴子は答えた。

マルチ商法は、連鎖販売取引と言い、新しい会員を組織に加入させれば利益が得られると言って、商品やサービスを契約させ、さらに次の会員を勧誘させるという形で販売組織を連鎖的に拡大していく取引のことだ。

ガンが治る水などと謳(うた)い、それを買わされた挙げ句、自分が売る側にまわれば被害者のはずだった者が、加害者になってしまう。こういった仕組みで広がる悪質商法をマルチ商法と言っていた。

「非常にいい意見が出ました。いずれにしても、被害者・加害者ともにシニアがオンパレードの大活躍です。で、わたしはひとつ思い出しました。追跡班を立ち上げたばかりの頃ですが」

「あっ」

春菜が思わずという感じで立ち上がった。冷静沈着な彼女にしては、珍しい反応だったかもしれない。

「もしや、銀詐欺？」

　今度も自問まじりになっていた。

「正解」

　冴子は相槌を打ったが、

「そんな話、出たっけ」

　千紘は慌て気味に手帳を繰る。

「出てないけどな。いつ、だれが言った話なの？」

「合同捜査の折、何度か一緒になった知能犯・詐欺犯を追う捜査2課の仲村健吾課長が、本当に一度だけ、ぼそっと言ったことがあります。『最近、銀詐欺が横行しているらしい』と。あたしは訊き返したんですが、曖昧にごまかされました」

「横行しているらしいということは、つまり、シニアの詐欺師が横行しているという意味なのか。もしくは、シニアが詐欺に引っかかっているということなのか」

　春菜の自問を、冴子は継いだ。

「あきらかに前者でしょう。シニアが被害者というのは、あまりにも普通すぎて噂にはならないと思います。ただ、本当に仲村課長が口にしたのは一度きりでした。もしかしたら、わざと『銀詐欺』の話を洩らしたのかもしれない」

「思わせぶりな餌を撒けば、物好きな追跡班が喰いついてくる思ったか」

春菜が呟いた。

「充分、ありうることだと思います。もし、ですよ。『天下人』というのが、銀詐欺だったとしたら？」

「ああ、そうか。ありうるね、それ。ボスは若いやつよりも、手練手管に長けたシニアの方がうまくいくと思うもの。まさか、冴子は山本富男が天下人かもしれない、なんて考えているわけじゃないよね」

千紘の問いには首を傾げた。

「さあ、どうかな。山本富男はちょっとボスの風格に欠けるような気がする。でも、なんらかの繋がりはあるかもしれないね。だから」

「泳がせることにした」

春菜が先んじて言った。

「そのとおり。本庁の捜査2課に上からの指示があったのは、『半グレの人材派遣会社』に関わりがあるような気がします。あるいは、もっと大きな事案なのか。現時点では、あくまでも推測だけどね。さて、じつはもう一件、シニアが登場しているんですよ」

冴子は答えつつ、新たな問いを投げる。曖昧すぎてわからないと思い、ヒントを与えることにした。

「早く仮眠を取りたいので、ヒントを言います。佐古課長がつけた不名誉な呼び名、死体追跡班です」

「あっ」

春菜が挙手して、答えた。

「言われて思い出した。最初にご遺体と遭遇したとき、亡くなっていたのもまた、シニアだった」

「そのとおりです」

冴子はボードに書く。

「追跡班が最初に発見したご遺体ですが、あの事案に関しては、後日、遺書が発見されたことから自死と断定されました。事件には関わりないと思いますが、自死したシニア男性は、会社の資金にしたかったのかもしれません。海外宝くじを買い求めてしまい、追い詰められたのではないかという話が、彼の妻から出ています」

「墨田区の自宅に隣接された倉庫で首を吊った遺体を、あたしたちが発見したんだっけ。奥さん、茫然自失だったな。悲しすぎて涙も出ない様子だった」

千紘が手帳を見て呟いた。そのときの様子を思い出したのかもしれない。声が暗く沈んでいた。

「自死したシニア男性は、資金繰りがつかなくて、首を吊ったのか。あるいは他の理由、シニア男性に海外宝くじの話を持ちかけた詐欺師がいるのか?」

疑問符を書き添えて、二人に視線を戻した。

「追跡班にとって一番目の遺体発見になった事案は、シニアという点で共通しているように思いますが、すべての事件や事案が繋がっているかどうかは不明です。ですが、いちおう頭にとめおいてください。それでは、明日から潜入捜査をする件について、簡単に説明します」

冴子は早口になる。千紘の瞼が重くなりかけているのを見たからだ。

「場所は大田区の町工場が多い区域に建つ農業機械メーカーの〈赤尾機械〉。本社の社員は二十人ほどの会社ですが、経営者に対してある詐欺が仕掛けられているのではないか、という密告メールが追跡班にありました。すでに内偵を始めていますが、千紘」

呼びかけると、

「は、はいっ」

バネ仕掛けの人形のような動きで立ち上がった。

「確認になりますが、すでに会社の面接を受けて、あたしは事務員として潜り込むことが決まっています。年齢は二十八歳、今回の変身は顔を変えるのが主体になりますね。面接に行ったときと同じ顔にしてください。わかりましたか」

妙な遊び心は不要と申し渡した。

「わかっています。面接時と同じ顔で同じ雰囲気にします。地味目の服装が基本ですから、洋服や小物は用意しておきました」

「了解です。本郷警視が加わってくださいましたので人手が増えました。春菜には、今まで出た話の中で、ちょっと気になる件を調べてほしいと思います。ゆえに明日は別行動を取ってください」

「了解」

内容を聞かずに了解するのは、いつものことだった。大欠伸（おおあくび）をした千紘を見て、冴子は深夜の班会議を終了させた。

3

大田区の潜入先の会社に、冴子は朝一番で出社した、つもりだったのだが……。

「あ」

事務室のデスク前には、すでに社長の赤尾重勝（しげかつ）が座っていた。専務である息子のデスクだが、よく使うのだろうか。

「おはようございます、社長」

冴子は入り口で一礼する。偽名は田中（たなか）まり子、二十八歳。顔貌（かおかたち）そのものは大きく変えずに眉毛の形や鼻を中心にして、素顔がわからないようにしていた。さらにショートのフルウイッグを着けている。出勤初日ゆえ、伊都美がふだん着るような黒のリクルートスーツを、千紘が選んだ。慣れないスカートのせいで、妙に両脚が寒く感じられた。

「おお。早いね、田中さん。おはよう」

赤尾は立ち上がって出迎えた。現役だからなのか、七十二歳という年齢よりも十歳程度、若く見えた。いちおうワイシャツにネクタイをしているが、上着は作業服だった。上着だけ背広に替えれば、来客用になるのかもしれない。

五階建ての自社ビルの最上階に、事務室は設けられている。仕事を受注し、それを自社や他の子会社で行うという取り次ぎ会社的な役割を担う会社でもあった。主に小型のパワーショベルやトラクターなどを手掛けている。狭い道路や被災地にも入りやすいらしく、最近は人気が高まっているようだ。

「君の机は、そこだ。慣れるまでは電話番と来客にお茶を出すぐらいでいいよ。少しずつ憶えていけばいいからね。君用の上着はロッカーに掛けてある。勤務時間内は会社の上着を着てもらいたいんでね」

事務室の端に並ぶスチール製のロッカーを目で指した。一番左側に真新しい名札が、入れられていた。

「わかりました」

冴子は答えて、自分のデスクにバッグを置き、春物のコートと上着を脱いだ。それを自分のロッカーに掛けて会社用の上着を着る。八時四十五分の始業で今はまだ八時五分過ぎなのだが、早くも電話が鳴り始めた。

「わたしが出ます」

告げて素早く電話を受ける。会社に入った時点で田中まり子になりきっていたので、違和感はなかった。会社の間取り図や社員の写真を見て顔も頭に入っているため、すでに何年かいるような気持ちになっていた。

「社長。野口様です」

保留ボタンを押して言った。

「お。社長室で受けるよ」

赤尾は立ち上がって、隣室に足を向けた。社長室は応接室を兼ねており、むろん社長用のデスクも置かれている。だれも来ないのを慎重に確かめた後、冴子は保留ボタンを解除した。

盗み聞くためである。

社長室の電話機のボタンが点いたままになり、赤尾に気づかれるかもしれないが、慣れていないので操作を間違えたと言い訳すればいいいと考えていた。

「赤尾です」

ちょうど赤尾が電話を取った。

「おはようございます、野口です」

五十前後だろうか。特徴のない声が聞こえた。自分の携帯に録音したかったが、いつ、社員が出社して来るかわからない。急いては事をし損じると心の中で呟き、こらえた。

「例の件ですが、いかがですか。先日、ご説明したとおり、間違いのない話なんですよ。人口減少にともなう景気の低迷、さらに海外企業の日本進出で、中小企業はいずこも火の車です。手堅い儲けが出る話ですからね。熱心な引き合いは他からもあるんですが、わたしは赤尾社長の志に惚れているんです」

いったん言葉を切って、野口は続けた。

「わたしがお話しした案件で儲けた金を、御社の資金として役立てていただければと思いまして」

力がこもったのを電話越しに感じた。

「ありがたい話だ。わたしは乗り気なんですよ。でも、息子が、専務が渋っていましてね。もう少し時間をいただけませんか」

赤尾の声は明るかった。野口とやらの儲け話に、強く心を動かされているのがわかる。会社の経営状態は悪くないようだが、赤尾は新事業として環境ビジネスを試験的に始めているらしい。追跡班の内偵では息子の反対によって、会社内は社長派と専務派に分かれ始めているようだった。

野口が言うところのお話しした案件とは、密告メールに記されていたナイジェリア詐欺と思われた。石油発掘権の権利書を譲渡すると偽り、多額の送金を要求するという手口である。

（欲があるから騙される。たとえ、その欲が結果的には、善行に向けられるものであったとしても）

冴子は扉のあたりに人の気配を感じて受話器を戻した。扉が開くのと同時に電話が鳴る。入って来た六十前後の女性に会釈しながら受けた。

「はい。〈赤尾機械〉です」

出社して来たのは、井上淳子（いのうえじゅんこ）、六十一歳。経理のベテランで、社長や社員からは厚い信頼を寄せられているに違いない。会社の頼もしい金庫番であり、冴子の直接の上司でもあった。

「社長は？」

小声の確認に、冴子はふたたび保留にして、答えた。

「社長室です。社長へのお電話なのですが、まだ電話中のようです」

電話の回線ランプが点いたままだった。

「いいわ。わたしが出ます」

淳子はコートと上着を脱ぎ、彼女のデスクに座った。冴子は自分のロッカーから空いていたハンガーを出して、淳子のコートと上着を掛ける。それらをとりあえず自分のロッカーに掛けた後、給湯室へ行き、ポットに水を入れてお湯を沸かす用意をした。

その間に残りの社員が出勤してくる。五十代と二十代の二人は、営業職の親子コンビだった。

「事務員の田中まり子さんです」

受話器を押さえて淳子が口をはさんだ。すぐ通話を再開させたため、冴子はその紹介を受けて、挨拶をする。

「田中です。よろしくお願いします」

「今井(いまい)です。こっちは息子の秀二(しゅうじ)です」

五十三歳の父親の斜め後ろで、二十四歳の息子が照れくさそうに会釈した。秀二の兄も勤務しているのだが、三階の工場勤めだった。

「田中さんとは四歳違いか。年上の女房はいいと思うぞ、秀二。どうだ、彼女は」

「やめてください、今井課長。そういった言動は、セクハラの一種になります。だいいち田中さんに迷惑ですよ」

秀二は他人行儀に言い、自分のデスクに戻る。この階の社員は、これで全員が揃ったことになる。人事部や総務部は、社長と専務が兼務しているため、この階の社員は総勢わずかに四名。残りの十六名は、二階から四階の工場勤務だった。

「今、お茶を淹れます」

冴子は給湯室から顔を突き出して言った。電話を終わらせた淳子が、こちらに来る。

「コートと上着を掛けてくれて、ありがとう。あなた、若い割に気が利くわね。面接をした社長が、彼女は優秀だと言っていたけれど本当だわ」

「とんでもない。わからないことばかりなので、色々教えてください。まずは、どれが、だれの湯飲みなのか」

「そうね」

淳子は笑って、大振りな湯飲みを手に取った。

「ざっと説明するわね。これは社長、こちらが跡継ぎの勝則専務。この二つは営業の今井さん、親子コンビなのよ。営業だけじゃなくて、工場の手が足りないときなんかは手伝うけれどね。そして、わたしのがこのマグカップ。田中さん、湯飲みは」

「今日は持って来ませんでした」

「それじゃ、これを貸してあげるわ。予備のマグカップなの。社長は濃いめのお茶がお好きなので、少し濃いめに淹れてあげてね。あとは適当で大丈夫。そんなにうるさいことは言わないから」

　説明しながら手際よく茶を淹れていく。外部の税理士にある程度は委託しているが、ひとりで経理を担うだけあって有能なのだろう。茶の淹れ方だけでも仕事ぶりや人柄が、ある程度はわかる。

「社長は、と」

　淳子は顔を突き出して、近くの電話機を見た。

「終わったみたいね。悪いけど、お願いできるかしら。親子コンビやあなたのお茶は、わたしが運んでおくから」

「はい」

　盆に茶托を置き、大振りの湯飲みを載せた。初めて社長室に入るが、不思議なほど気持ちは落ち着いていた。淳子の包み込むような人柄のお陰かもしれない。事務室のムードメーカーに思えた。

「失礼します」

　社長室の扉を叩くと、「どうぞ」と答えた。

「お茶をお持ちしました」

　冴子は入室して、デスクに社長用の湯飲みを置いた。赤尾はひと口、飲んで、目を上げた。

「美味い。いつもどおりの味だな。井上さんが来たんだね」

「はい。湯飲みやお茶の濃さなどを、さっそく教えていただきました」

「昨日、君が来ることは話しておいたからね。少し早めに出てくれたんだろう。彼女に社内を案内してもらうといい」

「はい。失礼します」

社長室を辞すと、待っていたように淳子が腰を上げた。

「社内を案内しましょう」

「お願いします」

冴子は答えて、淳子の後に続いた。

4

エレベーターに乗って、淳子は二階のボタンを押した。一階は駐車場や広々とした玄関、夜勤のガードマンのための宿直室になっている。

「二階から順に上がっていきます」

「はい」

「うちの会社は農業機械を扱っていますけれど、最近は、中古品のパワーショベルやトラクターが人気なのよ。知っていた？」

「いいえ。知りませんでした。そうなんですか」

冴子は相槌をうつ。調査の中に入っていたが、知りすぎる新人は怪しまれる。知らないふりをするのが無難な流れだ。

「日本の中古品は、精密で品質がいいらしいわ。それから日本人の性格を表すように、手入れがきちんとされているの。修理をして大事にする。だから中古品でも充分、使えるから売れるのよ。あとは中古品の方が、外国では部品が手に入りやすいみたいね」

「メンテナンスがしやすいんですか」

「たぶん、そうだと思うわ。我が社はずっと小型の農業機械に重きを置いてきたお陰で、不景気にもかかわらず、どうにか業績を維持できているわけです」

「よくわかります。小型のパワーショベルは、住宅を建設中の街中でよく見かけるようになりました。トラックの荷台に載りますよね」

「ええ。文字どおり、小回りがきくわ」

話しながら二階で降りる。工場は、主に部品を作っているらしく、パワーショベルが置かれているわけではなかった。

「いきなりパワーショベルを、組み立てているのかと思いましたが」

冗談まじりの言葉に、淳子は笑い声をあげた。

「小型とはいえ場所を取るでしょう。本社では精密な内部の部品を作り、本体や大きな部品は、茨城と千葉の工場で組み立てているの。主な仕事は注文を受けたり、子会社への発注をしたり、あとは見てのとおりよ。農業機械内部の精密な部品を製作しているわ」

二階、三階と見てまわり、四階に移る。淳子は工場へ入る前に、冴子をロッカールームに連れて行った。

「四階の半分は、二階や三階と同じ部品工場なのだけれど、残り半分は社長の肝煎り(きもい)で始められた新事業の工場なんです。入室する場合は、白衣や帽子、マスクの着用が義務づけられているのよ。面倒だけど着けてね。会社の上着が邪魔だったら、白衣を着る前に脱いだ方がいいけれど」

ちらりと目を向けて続けた。

「田中さん、痩せているから大丈夫だわ。わたしは上着を脱がないと白衣がきつくて」

「そうですか」

冴子は渡された白衣やマスクを着けていく。

「新事業というのは、どんな仕事なんですか」

これも調査済みだったが訊いた。

「一般的に言うところの環境ビジネスというやつよ。土質や水質をよくする作用があるとされる改善剤や、アスベストの飛散防止処理剤、水素水生成器といった環境関連製品を、赤尾機械で開発・販売しようとしているの。始めてから、そうね。来月でちょうど一年かしら。今は土質や水質をよくする改善剤の開発に取り組んでいるみたいだけれど」

小さな溜め息が出た。

「世のため、人のためになる事業だというのはわかるのよ。でもね。農業機械とはまた、異なる分野なのよね」

「でも、土質や水質をよくできれば、農家は助かりますよね。農業機械の買い手が、そのまま顧客になってくれるんじゃないですか」

冴子は言葉を選んで問いかける。詳しすぎるのも良し悪しだ。以前はＩＴ関連の小さな会社に勤めていたという設定なので、別業種の事務員としては、わからないことだらけの方が自然だろう。

「そうかもしれないけれど、全部が全部、顧客になってくれるわけじゃなし。社長にしてみれば専務に、安定した会社を手渡したいんでしょうね。気持ちはわかるのよ、わたしだって親ですから。ただねえ」

白衣を羽織って淳子は、ロッカールームの扉を開けた。

「行きましょう」

「はい」

冴子は答えて、マスクで鼻をきちんと覆った。新事業を始めた部屋は、まるで大学の研究室のような感じがした。帽子やマスクまで着けたのだが、大きな窓ガラス越しにしか中の様子を見ることはできない。ビーカーやフラスコといった化学的なものが、無機質な工場内をよけい冷たい雰囲気にしていた。

二人は早々にロッカールームへ戻った。

「印象は?」

マスクを取りながら淳子が訊いた。

「驚きました。製薬会社や大学の研究所みたいですね。商品化は」

「まだよ」

覆い被せるように言った。

「当初は半年もあればと言っていたのだけれど、その見込みよりも時間がかかっているの。植物が育ちやすい水質の改善剤を生み出せた暁には、野菜工場を立ち上げようと社長は考えているのよ」

「野菜工場って、サラダ菜などの葉物野菜を水耕栽培みたいなやり方で作るあれですか。テレビで見た憶えがありますが、すみません。その程度の知識しかなくて」

冴子は、考えながらやっと導き出したという感じで告げた。

「よく知っているじゃない。そうよ。太陽光に近いＬＥＤライトを使うみたいね。植物の成長に従い、当てるライトの量を変えるみたいだけれど、細かいことまではわからないわ。大雨や台風といった風水害、日照不足や干ばつなどの異常気象に対抗するには、清潔な工場で作る野菜が不可欠なのは、わたしにだってわかる。今はサラダ菜程度だけれど、いずれ全野菜を作れるようになれば、社長の新事業にとっては万々歳。お上のお墨付きも、ばっちりよ」

六十一の年齢どおりと言うべきだろうか。国をお上と表現していた。

「面接試験のときに渡された会社案内によると、確か研究施設や会社には、国から補助金がおりるんですよね」

冴子の質問に大きく頷き返した。

「ええ。経済産業省や農林水産省は、野菜工場関連の研究・促進のために補助金を用意しているわ。わたしが知っている野菜工場の運営会社は、実際に補助金を受けていたはずよ。サラダ菜やレタスも売れて経営はうまくいっていた。でも、潰れたわ」

「なぜ、かしらね」

淳子は真剣な目を向ける。

「むずかしすぎて、わかりません。なぜですか」

答えではなく問いを返した。目顔で示されたロッカールームの端に移って、ベンチタイプの椅子に座る。会社案内に環境ビジネスを掲げるだけあって、水素水を無料で飲むことができるようだ。淳子が紙コップに注いでくれた水を受け取る。

「すみません」

「社長や専務がいる場所ではできない話だから、ここで簡単にするわね。銀行からどれだけ多額の資金を借り入れようが、資金がまわっているうちは倒産しないのよ。極端な話、債務超過に陥っていても資金がまわっていれば大丈夫なの」

ここまではわかる？

というように目顔で訊いた。

「はい。理解できます」

「では、続けます。会社を継続していくには、ひとつ、収支管理。二つ、商品管理。三つ人事管理が必要だと、わたしは考えています。今まではうまくいっていたんだけれどね。環境ビジネスに取り組むと社長が宣言してから、会社内にちょっと怪しい空気が漂うようになったの。社長と専務の間が、ギクシャクしちゃって」

「でも、専務は環境ビジネスには賛成なんですよね」

「基本的には賛成しているわ。改善剤があれば、日本の農業にとって大きなプラスになるから。ただ、なんというのか……むずかしいのよ、色々とね」

語尾が曖昧に消えた。社長派と専務派に分かれ始めている様子が、見え隠れしているように思えた。淳子は携帯を見て立ち上がる。

「専務が出社したらしいわ。戻りましょう」

「はい」

「水素水は、ここにしか設置されていないの。給湯室にも浄水器はあるけれど、水素水が飲みたくなったときや、自分のお茶を淹れるときは面倒でもここに来るといいわ。出入りは自由だから」

「わかりました」

マスクと帽子は使い捨てなので、白衣だけロッカーに戻した。この使い捨て製品だけでも、けっこう経費がかかるのではないだろうか。小さな積み重ねが、大きな損失になりかねない。

（環境ビジネスだけでなく、社長は怪しげな詐欺話にも乗り気らしい。井上さんはナイジェリア詐欺の話もしたかったのではないか）

冴子はそう判断した。階段で五階に戻るとき、

「そうそう。若い方の今井さん、息子という意味よ。彼があなたの歓迎会をやろうと昨日から騒いでいるの。会社の経費で飲みたいだけでしょうけれどね。社長の許可は得てあるわ。都合がよければ今夜、どうかしら」

追跡班と似たような話が出る。

「大丈夫です。出席できます」

情報収集の場として、飲み会ほど適したものはない。酒が入って本音がぽろりと出たり、会社の内情がわかったりするのは、やはり、酒が欠かせないのではないだろうか。

「よかった。美味しいイタリア料理店があるのよ。父親の今井氏は、日本酒がお好みなのだけれど、二対一でイタ飯店に決まったの。あ、違うわね。専務も加わっていたから、三対一だわ」

「専務もいらっしゃるんですか」

驚くふりをしながらも、よけいな話をしないようにという監視役ではないかとも思った。

だれかはわからないが、追跡班に密告メールを送って来た人物がいる。事実、会社内には環境ビジネスやナイジェリア詐欺といった社員を対立させかねない新たな話が出ている。仮に専務が密告メールの人物だとすれば、うまく情報を洩らしながら、監視するのではないかと冴子は感じていた。

「まだ、わからないわ」

答えて淳子は、事務室の扉を開けた。朝、社長が座っていたデスクには、四十八歳の赤尾勝則専務が座していた。淳子の紹介を受けて、簡単に挨拶する。今井親子は営業に出たのか、すでにいなくなっていた。

「うちは独身男性が多いんだよ。社内恋愛、大賛成だ。よりどりみどりだから、いい相手を見つけられるといいね」

相好を崩している。目尻がさがると、より強く父親似の表情になった。淳子が軽く睨みつけた。

「専務まで、なんですか。今井さんも似たような話をしていましたが、そういう発言は立派なセクハラですよ。慎んでください」

「恐いだろ。いつも、こんな感じなんだ。金庫番には逆らえないよ。ところで」

と、勝則は社長室を目で指した。

「例の件で連絡は、なかったかい」

答えを求めるように淳子を見た。

「野口さんでしたら、電話があったと思います」

そのまま冴子に視線を送る。

「そうでしょう？」

「あ、はい。わたしが来たとき、ちょうど電話を受けました。社長は社長室で受けると仰って」

「そうか」

明るかった専務の表情がくもる。そのまま社長室に足を向けた。

5

〈赤尾機械では、ナイジェリア詐欺と思しきものが、持ちかけられている様子。社長に連絡して来た野口という人物が怪しい。会社に現れたときは知らせるので尾行を〉

冴子は、近くに待機している千紘と伊都美にメールを送った。トイレからなのは言うまでもない。退社時間を迎えて歓迎会会場のイタリア料理店に移っていた。

〈了解。本郷警視には早く帰るように言いましたが、まだ残っています。冴子はイタリア料理かあ。いいな、いいな。あたしたちはコンビニ弁当です。本郷警視は初めて食べるらしく、美味しいを連発していますね。味覚があたしたちとは違うのかも。それとも珍しいだけか〉

食い意地の張った千紘らしいメールだった。

〈春菜から連絡は？〉

〈冴子が調査を頼んだ墨田区の所轄が、捜査結果を渡さないんだってさ。出すまで帰らないと粘(ねば)っているみたい〉

これまた、春菜らしい内容かもしれなかった。冴子が頼んだのは、追跡班にとって一度目の遺体遭遇となった事案だ。自死なのはわかっているが、持ちかけられたという海外宝くじの件が気になっていた。

自死したのは、海外宝くじに投資した金を失ったからだろうが、だれが、シニア男性に詐欺話を持ちかけたのか。

町工場の経営者で七十二歳のシニア。冴子はそれが気になっていた。

〈あたしの見張りはもういいよ。赤尾機械には、社長が残っているはず。不審人物が来るかもしれないので、あっちを見張って〉

〈わかりました。移動します。あ、ちょっと待って〉

千紘がいったん中止して、あらたなメールを流してきた。

〈苦労性で心配性の本郷警視が、冴子のことも心配なので、所轄のパトロール隊にそれとなく見まわってもらった方がいいと進言されました。あたしも同意見なので手配しておきます〉

〈了解〉

と、メールを終わらせた。千紘たちは目立たない面パトを利用しているが、あまり頻繁に動くと却（かえ）って目立つことも考えられた。野口と名乗る男がナイジェリア詐欺を仕掛けていた場合、警戒して会社には来なくなるかもしれない。

冴子は個室を出て手を洗い、急いで席に戻った。

「前菜が来たわよ」

淳子が、取り皿を配っている。冴子は盛りつけ役を買って出た。客席数は八席程度のこぢんまりとした店で、ネットで検索したところ、スイーツが美味しいと評判の店だと出ていた。

少し遅れて来た勝則専務が、コートを脱いで掛けた。

「すまない、遅くなった。乾杯はまだだね」

座りながら、テーブルに車の鍵を置く。

「あたりまえじゃないですか。専務が来ないのに、始められませんから。車でいらしたんですか」

すかさず淳子が訊いた。

「うん。遅れたから急いだんだよ」

「では、運転代行社に連絡しておきます」

「会社の駐車場でよければ、わたしが停めておきます。利用する地下鉄の駅が、会社の近くなので、ついでに寄れますから」

冴子は申し出た。どうせ千紘たちと合流して、今夜は会社を見張ることになるだろう。面パト内で仮眠を取るしかないだろうが、とにかく野口という男が気になっていた。

「そうか。田中さんは免許を持っているのか。それじゃ、お願いするかな」

鍵を手渡そうとした専務を、淳子が止めた。

「でも、せっかくの歓迎会なのに、田中さんが飲めなくなります」

「あ、そうか」

「いえ、わたし、あまりお酒は飲めないんです。こちらのお店には葡萄ジュースがあるようなので、それを戴こうと思っていました」

「ワイングラスで葡萄ジュースを飲む。それはそれでいいかもしれないわね。では、田中さんには葡萄ジュース、他の人には前菜用の白ワインといきますか」

仕事のときと同じように手早くワイングラスに白ワインを注いでいく。仕草で専務を乾杯役に推した。

「お疲れ様でした。新メンバーが加わって、事務室が多少、賑やかになるかもしれません。乾杯」

軽くグラスを合わせて、飲み始める。

「田中さんは初出勤で疲れたんじゃないですか。緊張しましたか」

専務の問いに頭を振った。

「家庭的な雰囲気だからでしょうか。思っていたより、自然に動けました。井上さんのお陰だと思います」

「田中さんは、上司をたてるのが上手いわ。でも、初日にしては仕事が進んだかもしれません。社長のお見立てどおり、彼女は優秀だと思います」

「ああ、わたしにも、そう言っていたよ。社長は人を見る目があったんだがね。ここにきて急に鈍ったかもしれない。年を取ったからかな」

淳子と営業の親子コンビに目を向ける。社内でくすぶる親子の問題が、こういった飲み会でも出るようになっていた。

「専務にいい会社を残したいんじゃないですかね。環境ビジネスに関しては、内外ともに反応は悪くありません。まあ、いつ、水質の改善剤ができあがるか。あまり時間がかかるとコスト面で問題が出てくるので、安穏とはしていられませんがね。かれこれ一年になりますから」

今井が意見を述べた。会社では口にできない話も、こういう席なら自然にできる。

「そうなんだよなぁ」

専務は継いで、背もたれに寄りかかった。

「なかなか見通しがたたないんだ。ファブレス——工場を持たない企業が増えているじゃないか。土質や水質の改善剤なんかは、そういう形式にした方がよかったように思うんだがね。親父は自分の目が届く場所に置いておきたいのか。首を縦に振らなかった」

「仮に改善剤がうまくいったとしても、今度はそれを真似て他の会社が参入するじゃないですか。例の野菜工場は、それで潰れたと聞きましたが」

今井秀二が、父親や専務に問いかけの眼差しを投げた。

「儲かると見れば、大企業がこぞって参入するからね。最初に立ち上げたベンチャー企業は、事業を拡大していくしかないんだが、会社の成長が追いつかなかった場合、残念ながらという結果になりかねない。秀二君が言った野菜工場の会社は、まさにそれじゃないかと思うね」

専務が答えた。

「ベンチャー企業にとっては、売上高百億円がひとつの大きな壁と言われているな」

今井が補足する。飲み会の席だからなのか、私的な口調になっていた。

「ですが、うちはベンチャー企業じゃありませんよ。昨日、今日、立ち上げた会社じゃない。赤尾社長は二代目で、専務は三代目になる。アジアへの輸出も好調ですし、中古市場も活気づいています。故障の少ない小型の農業機械は、アジアだけでなく、どの国でもほしがっていると思います。うちにはまだまだ伸びしろがありますよ」

秀二が言った。少しむきになっているような感じがした。

「熱いねえ、秀二君は」

専務は目を細めている。

「若い人が増えてくれるのは本当にありがたいよ。本社の事務室は少数精鋭部隊だからな。田中さんが加わって総勢四人だ。社長とわたしを含めても六人。しかしまあ、支社の経理と総務部の合計は十二人だったか」

　向けられた問いに、淳子が答えた。

「現在は十三人ですね。年度末はもちろんだけれど、毎月の請求書なんかも手伝いに来てくれるの。だから、大丈夫よ。徹夜にはならないから安心してね」

　淳子は隣に座る冴子の膝を軽く叩いた。

「それを聞いて、ほっとしました。パソコンで請求書を送れるとはいえ、操作するのは人間ですから」

　小さな笑いが起きる。

「〈赤尾機械〉の会社案内を見た後、インターネットで扱っている製品の値段を調べてみたのですが小型重機はもちろんですが、チェーンソーや刈払機なども、とても安いですよね。わたしはホームセンターでも確かめてみましたが、なぜ、あんなに安い値段で売れるのでしょうか」

　冴子は一般的な質問を口にした。流れで詐欺話が出ないかと思っていたが、なかなか確信をつく話にならなかった。

「待ってました、ですね、専務」

淳子が笑って受けると、専務も笑って答えた。

「ホームセンターに販路を拡大したのは、亡くなられた前社長のアイデアなんですよ。アメリカに行ったとき、ホームセンターで農機があたりまえに売られていたのを見たらしいんですね。いずれ、日本にもそういう時代がくると踏んだんでしょう。農協や農機専門店よりも安い製品の開発をめざしたんです」

「安いものでは、半額ですからね」

今井は受けて、続けた。

「ホームセンターに販路ができたことによって、会社も飛躍的に売り上げを伸ばしました。今も受注率は落ちていません。このままいければ問題はないんですがね。世の中はそれほど甘くない」

笑みが苦笑いに変わっていた。

「それで、水質の改善剤の開発に着手したんですね」

冴子の言葉を、息子の秀二が受ける。

「はい。でも、社長の野心は改善剤にとどまらないようで」

「今朝も電話があったんだよ」

専務は淳子に目顔で確認する。

「ありました。受けたのは田中さんですが、社長はすぐ社長室に行って、話したみたいです。十分ぐらいだったかしら」

「だいたい、それぐらいだったと思います」

流れが詐欺話にきた。思いきって一歩踏み込んでみる。

「野口様という方でしたが、社長は待ちかねていたように見えました。新しい取引相手なのですか」

「それが、どうも、わからないんだよ。ここにきて、頻繁に連絡を取り合っているらしいんだが、時々、英語で話していたりもするんだ。実際の取引相手は米国人だと言っていたが、確実な投資話だとは」

専務はそこで言葉を切る。

「あ、いや、こんな話を歓迎会でするべきじゃなかったな。わかったよ、井上さん。そんなに恐い顔で見るなよ。おっと、電話だ」

失礼と断って、店の外に出て行った。みんな苦笑いを浮かべている。しらけたムードを一掃するように、淳子が新しいワインボトルを頼んだ。

「飲みましょう。今、会社はうまくいっていますし、田中まり子さんという新人も入ってくれました。少なくとも、わたしは助かります」

話が終わる前に、冴子の上着に収めた携帯が振動し始める。さりげなく見ると、千紘からアジア系と欧米系の二人連れが、タクシーを降りて、赤尾機械のビルのエントランスホールに入ったというメールが来た。

「大丈夫？　急ぎの連絡？」

淳子の確認には小さく頭を振る。

「なんでもありません」

「あれ？」

秀二が肩越しに後ろを見やった。

「なんだか外が騒がしいですね」

立ち上がって店の外へ行く。冴子も淳子たちと一緒に店を出た。

6

店の向かい側の駐車場前に、パトカーが停まっていた。出入り口を塞ぐような形を取っていた。

「まだ運転していないですよ。車の中で電話をしていただけです」

勝則専務が、車の運転席で窓越しに制服警官とやり合っている。駐車場の出入り口に停まっているのを見ると、まさに駐車場から出る寸前だったように思えた。そこにパトロール中の警察官が通りかかって職務質問をしたところ、酒の匂いがした。

そんなところではないだろうか。

（千紘が言っていた所轄のパトロール隊か）

　冴子はパトロール隊が間に合ったことに安堵している。専務にも社員から連絡が来たのではないだろうか。これはまずいとなって矢も楯もたまらず、車に乗って出ようとしたのだろう。が、冴子たちにとっては運良く、専務にとっては運悪くパトカーに停止させられた。

「酒酔い運転はだめですよ。もちろん運転しながら携帯で話をするのも禁止です。パトカーに来ていただけますか。どれぐらい飲んだのか、数値を計らせてください」

「いや、わたしは」

　救いを求めるような目を見て、淳子が動いた。

「ここから車で五分ほどの〈赤尾機械〉の専務なんです。わたしたちはその会社の社員で、今夜は新入社員の歓迎会でした。専務は車に乗っただけで走らせていません」

「現にエンジンをかけて運転席に座っていらっしゃるじゃないですか。わたしたちが見たときには、ちょうど車が出るところでした。店から出て来たのが見えたので、もしかしたら酒を飲んでいるんじゃないかと思い、職質した次第です」

　パトロール警官のひとりが答えた。もうひとりは対応できるように、冴子たちの様子を窺っている。専務は停めていた場所から駐車場の出入り口まで運転しただけだろうが、言い訳は通らない状況だった。

「でも」

「いいよ、井上さん。わたしの不注意だ。アルコール検査は受けるが、例の件で男が姿を見せたらしいんだよ。だれか、すぐに行ってみてくれないか」

専務は社員たちを見まわした。千紘のメールどおり、アジア系と欧米系の二人連れが問題の男たちらしい。

「自分が行きます」

秀二が名乗りを挙げる。

「専務の車を運転してください、田中さん」

「え、ですが、車は」

冴子の当惑を、制服警官のひとりが継いだ。

「車は少しの間、ここに置いてもらいます。簡単な現場検証をしなければなりませんので、今、乗って帰ることはできません」

「大丈夫です、専務。タクシーで行きます」

「わたしがタクシーを」

冴子は言い、表通りに向かった。秀二が追いかけて来て隣に並ぶ。

「すみません。とんだ歓迎会になりました」

「気にしないでください。それよりも会社の方が大事です。タクシーは携帯で呼んだ方がいいかもしれません。ただ、配車が混んでいたり、近くにタクシーがいないときは、却って時間がかかると思いますので」

答えつつ、できるだけ時間稼ぎをしなければと思っていた。詐欺師と思しき二人連れを、千紘と伊都美が尾行という段取りになっている。社員がおかしな動きをすれば、警戒してすぐに引き上げてしまうかもしれない。

捕まえたいのだが、今は捕まえたくないという、微妙な場面だった。背後関係を知るには、しばらく泳がせるしかないのだが……。

「来た。空車だ」

秀二がタクシーを停めた。二人は急いで乗り込む。近場であるため、ワンメーターで着くのだが、車は混み合っていた。

「走った方が早いかな」

秀二は苛立っていた。

「じつは、自分の兄が社長を見張るというか。男が来るのを待っていたんですよ。兄は顔を知っているんです。社長は何度か会っているらしいんですが、専務や自分たちは会う機会がなくて……父は同席させてほしいと頼んだんですが、社長はいい顔をしなかったものですから」

「そうですか」

「ああ、だめだ。運転手さん、停めてください。そこで降ります。田中さん、領収書をお願いします」

秀二は言い、金を払って降りるや、走り出した。冴子は領収書を受け取って、追いかけた。騒ぎの最中にも領収書を気遣う点に、几帳面な性格が表れているように思えた。走っている途中で電話が掛かってくる。秀二とは距離があったので受けた。

「はい、片桐です」

「二人の男が〈赤尾機械〉に入って行ったんだけどさ。なんか会社の玄関先で騒ぎが起きちゃってるよ。言い合いみたいな、あ、殴り合いに変わった」

「すぐ所轄に連絡して。千紘と警視は動かないで今のまま待機。騒ぎを止めたいだろうけど、じっと我慢の子だからね。わたしもすぐに行くから」

「じっと我慢の子は、昨日、出たカードだよ。今日は占うの忘れた」

「いつでも警察官はじっと我慢の子。殴りかかられても避けるだけで、やり返してはならない。早く所轄を」

「伊都美ちゃんが連絡した」

などと話しているうちに、会社の前に着いていた。冴子は電話を終わらせて駆け寄る。秀二が加わって揉み合いのようになっていた。

「いきなり殴りやがって」

いきり立つ若者を、秀二が後ろから押さえつけていた。秀二の兄だろう。唇が切れて血が流れている。夜勤のガードマンがちょうど出勤して来たものの、なにをしたらいいのかわからなかったに違いない。呆然と立ちつくしていた。

「落ち着けよ、兄貴」

秀二は言った。

「その言葉はそいつに言えよ。どちら様ですかと訊いたとたん、殴ったんだぜ。だから社長には取り次げないと告げたんだ。そうしたら、また殴ろうとしたから」

秀二の兄は外国人を連れた野口らしき男を睨みつけていた。中肉中背、日本人とは断定しきれないアジアふうの空気を持っている。秀二の兄が殴り返した相手を、英語で懸命に宥めているようだった。

「君が突然、腕を摑むから彼は驚いたんだよ」

野口らしき男はゼスチャーまじりに答えた。そういった言動が、よけい怪しさを高めているように感じられた。秀二の兄に殴り返された外国人は、顎のあたりを押さえていた。何件かのナイジェリア詐欺には、米国人の詐欺師が登場したと聞いている。アジア系と米国ふうのコンビは、まさにという感じだった。

「赤尾社長には、ちゃんとアポイントを取っていた。しかし、今夜は日が悪いようなので、わたしたちは引き上げます。後日、伺いますと伝えていただけますか」

野口らしき男は、真っ直ぐ冴子に目をあてた。

「わかりました。お伝えしておきます。失礼ですが、お名前は」

「野口です。では」

連れの米国人ふうの男を促して、野口は急ぎ足で会社をあとにする。警察官の到着を察していたのではないだろうか。所轄には悪いが、かれらの足取りや塒(ねぐら)を突き止めるのが先決だ。

姿が見えなくなったとき、遅ればせながら自転車に乗った二人の警察官が着いた。遠くの方からパトカーのサイレンも聞こえてくる。

「遅いんだよ」

秀二の兄が吐き捨てるように言った。サイレンの音で気づいたのかもしれない。エレベーターが停まって、赤尾社長が降りて来た。

「どうした、その顔は。なにかあったのか」

いかにも間の抜けた問いかけだった。騒ぎが終わるのを待っていたように思えなくもないが……冴子は答えた。

「野口様がおいでになりましたが、急にご予定が入ったのかもしれません。後日、伺うとのことでした」

「そうか」

　赤尾は小さく頷いた。なにがあったのかは見ればわかる状況に思えたが、特に言及することもなく、ふたたびエレベーターに乗る。老耄（ろうもう）したような無反応さに腹が立ったのではないだろうか。

「どうかしてるな、社長は」

「落ち着けよ、兄貴」

「悪いのは、おれじゃない」

　秀二の兄は、拳で思いきり架空の敵を打つ。

　居合わせた社員は、気まずい思いで立ちつくしていた。

第6章　二度目の潜入命令

1

翌日の未明。

「野口某と米国人ふうの二人は、他の会社を訪問しました。〈赤尾機械〉と同じ大田区内にある二カ所の中小企業です」

本庁の部署で千紘が報告する。伊都美は日付が変わる前にチビクロと帰ったため、春菜を含めて三人の会議だった。仮眠した後なのだが、何時間でも眠れそうなほど疲労がたまっている。寝惚け眼(ねぼけまなこ)になるのはいなめなかった。

「詐欺師コンビの会社訪問か。野口某については、犯罪者データには記録なし。赤尾機械の玄関先には、防犯カメラが取り付けられているからさ。動いてくれるかどうかわからないけど、所轄に言ってデータを回収させるように。所轄がだめなときは、追跡班として動いてください」

「わかりました」

　大欠伸をした千紘に、すかさず問いかける。

「野口たちの塒は？」

「都内のビジネスホテル。受付で宿泊者名簿を見せてほしいと言ったんだけどね。守秘義務を持ち出されて見られませんでした」

「詰めが甘い」

　春菜がぼそっと言った。

「春菜はそう言うけどさ。現状では内偵であって、正式な捜索令状を持っているわけじゃないでしょ。野口某と米国人ふうコンビが、本当に詐欺師なのかどうかさえ、はっきりしていない状況だもの。断られたら、とりあえず引くしかないよ。それに怪しまれちゃってね、あたしたちの方が。本当に警察官ですか、なんて真顔で訊かれた」

　なさけない訴えに、冴子は思わず噴き出した。

「昨夜、千紘は制服姿じゃなかったしね。もっとも制服だったとしても、近頃はマニアがいるからな。疑われたかもしれないけど」

「あたしじゃなくて、伊都美ちゃんなの、疑われたのは。警視の名刺を渡したのに、まじまじと見てさ。『ええーっ、本当ですかぁ』とホテルマンに吃驚されちゃった。やっぱり、お役所の事務方にしか見えないのかもね」

「春菜の方は？」

冴子は別の話を振る。

「自宅の倉庫で首を吊った男性が、墨田区の町工場の経営者だったのは知ってのとおりです。機械のネジを製造する小さな町工場です。現在は妻の老婦人が事務所に詰めて、四十五歳の独身の息子さんが工場を継いでいました」

油の臭いと薄暗い工場の光景が、冴子の脳裏に浮かんでいた。事務所と倉庫を兼ねた小部屋で首を吊っていたのを、鮮やかに思い出している。ロープを掛ける場所がなかったためなのか、扉のドアノブにロープを掛けるという姿で、通常の首吊りとは少し状況が違っていた。家族は茫然自失だったが、特に妻はショックが大きすぎて泣くのを忘れていたように見えた。

「あのとき、追跡班は未公開株を持ちかける詐欺師を追っていた」

冴子は言った。

未公開株詐欺は、「上場間近で必ず儲かる」「値上がり確実」「発行会社との強いコネがあり入手できる」といった甘い言葉で客を誘い、大金を奪い取る手口だ。未公開株は上場されなければ紙切れ同然であるのは言うまでもない。

「あたしたちの追跡から逃げられる詐欺師はいないわよ。見事、逮捕して名簿を手に入れた。そこに載っていた被害者を訪ねたとき、ご遺体を発見するにいたった」

千紘が頷きながら続けた。また、思い出したのかもしれない。ふだんは明るい千紘だが、最初の遺体発見の話をすると、表情や声が暗く沈んだ。

「家族に事情を訊こうとしたが、現在の工場主、つまり、被害者の息子にそっとしておいてほしいと言われて引き下がるしかなかった。話を訊きたくても、いないわけだからね。亡くなった経営者は、おそらく海外宝くじだけでなく、未公開株詐欺にも引っかかったんじゃないかな」

春菜が継いだ。

「日本証券業協会では、グリーン、えーと、なんだっけ?」

言葉に詰まった千紘を、冴子は受けた。

「グリーンシート市場。これは一九九七年から日本証券業協会がスタートさせた制度で、一定の条件をクリアした企業の未公開株は、グリーンシート市場で扱っていたが、当然のことながら、詐欺師はこういったルールをいっさい無視。被害に遭った人は、違反している業者から購入した例が多いんだよね」

「ちょっと待って。扱っていた、ということは?」

「二〇一八年三月三十一日に廃止されました」

「ごめん、忘れてた。でもさ、未公開株が本当に上場することもあるよね」

「ある」

今度は春菜が受ける。

「だから、ややこしくなるんだ。証券業の登録をしていない業者の多くは、説明や返金を求められると、証券業として売買したのではなく、個人的な売買――相対取引を行ったんだと言いのがれるからな」

「当事者間で売買方法、取引価格、取引量を決めて、購入した人も納得して買っていると言い訳するんだね。本当に儲かる話だったら、電話やダイレクトメールで見ず知らずの他人から情報がもたらされるわけないのにさ。自分で買っちゃうよ」

千紘の言葉を「補足します」と言って春菜が続けた。

「千紘はすでに忘れ去っているかもしれないので繰り返しますが、あのときは『ロコ・ロンドン取引』の被害も続出していました。未公開株詐欺と重なっていたと思います」

クロノ、と、春菜は促した。

「『ロコ・ロンドン取引』のおさらいを」

「はい。ある日突然、聞いたこともない名前の業者から電話がかかり、『金相場が上昇している。金取引に興味はないか』とか、『とても有利な投資の話がある』などと持ちかける詐欺です」

「『ロコ・ロンドン取引』の意味は？」

　春菜はクロノに訊いた。

「ロコは『〜において』『〜渡し』という意味で、『ロコ・ロンドン金取引』とは、『ロンドン市場において金を受け渡しする取引』という意味になります。なお通常は『ロコ・ロンドン取引』と表現する場合が多いようですが、内容的に金取引の方がより正確さを伝えられると思い、わたしは金取引と表現しました」

「上出来」

「ロンドン市場ってさ。もともと鉱山会社や金融機関、商社といった企業間で金やその他の貴金属の現物取引を行っている市場だったよね。そこでの価格が国際価格と認識されている」

　千紘が確認の問いを投げたため、冴子は小さく頷き返した。

「そう。全国の消費者センターに寄せられた相談をみると、消費者は『金の現物が手に入る』と誤解しているケースが目立つんだよね」

「あたしも追跡班として動くまでは、そう思ってた」

「でも、実際は金の現物が手に入る取引ではなく、消費者が業者に証拠金、簡単に言えば保証金を預け、業者はその保証金の何十倍もの取引を行う『証拠品取引』だからさ。かなりリスクが高くなる」

「自死したシニアの工場主は、海外宝くじ詐欺、もしくは、未公開株取引詐欺に引っかかったのかもしれない」

　春菜が自分なりの意見を述べた。所轄の担当警察官も事情を訊こうとしたようだが、工場主が亡くなっていることから、それ以上の聴取はできなかったらしい。春菜の粘り勝ちで手に入れた調書には、工場主の家族の話は載っていなかった。

「ありうる話だな。二点、気になっていることが」

　冴子は言いかけて言葉を切る。考えすぎかもしれないと思い、途中で止めたのだが、春菜に目顔で訊かれた。

「いや、年齢なんだけどさ。たまたまなんだと思うけど、七十二歳なんだよね」

　その答えに、千紘は不満そうな表情を返した。

「思わせぶりな言いまわしが好きだからなあ、冴子は。だれが七十二歳なんですか」

「言葉にしながら頭を整理しているんだよ。考えれば、わかることじゃない。さて、千紘君。登場人物の中で七十二歳なのは、だれとだれですか」

「ええと」

　手帳を繰り始めた千紘を、春菜が手で制した。

「自死したシニアの工場主、赤尾機械の社長・赤尾重勝、墨田区の自動車修理工場で会った神谷彬」

「大変よくできました。さらに自死した工場主と赤尾重勝は、町工場という点で一致。

そして、神谷彬の本社と住まいは、赤尾機械と同じ大田区にある。ちょっと引っかかったからさ。調べてみたんだよね」

冴子は、パソコンに三人の経歴を出した。二人は後ろに来て覗き込む。

「同じ大学を卒業してる」

千紘の言葉を受け、春菜は疑問の目を投げた。

「三人は知り合いだったのかもしれない？」

「否定できない状況だよね。神谷彬についてはファブレス、工場を持たない企業のことだけど、彼は貸しビルや貸店舗を営むだけでなく、野菜工場も経営している。赤の他人にまかせているみたいだけれど、赤尾機械は土質や水質の改善剤を開発中。なんか気になるんだよね。もしかしたら、神谷彬が赤尾社長に、提案したのかもしれないと思ってさ」

「仮に三人が知り合いだったとしてもよ。それがなにか、あたしたちが扱っている事案や事件に関係してくるわけ？」

千紘が訊いた。

「現状では、わかりませんとしか答えようがない。もしかしたらという推測は浮かんでいるんだけど、ちょっと大胆すぎる仮説かもしれないので、もう少し固まったら話します。頭にとめおいてほしいと思ったので口にしました」

「冴子が気になっている二点というのは、三人の年齢と神谷彬が野菜工場を営んでいる件なのかな」

　春菜は自問するような問いを投げた。

「まあ、そうだね。特に神谷彬は気になっているんだ。先祖代々大田区の地主。経営していた輸入雑貨店がうまくいかなくても、彼にとってはたいした問題じゃなかった。運転手を雇って最高級の外車に乗るのも、あたりまえというか。負担ではないわけだ」

　閃いてはいるのだが、話したように大胆すぎる仮説かもしれないと思い、口にはしなかった。神谷彬、大田区の地主、運転手付きの高級外車、手広く多角経営。七十二歳の三人は、知り合いの可能性が非常に高い。

　それらを胸に刻みつけ、冴子は「さて」と話を捜査内容に戻した。

「足立区のマンションで闇カジノを営んでいる山本富男。現段階では断定できませんが、あれこそ『ビッグ・ストア』だと思います。持ち込んだ隠しカメラに映っていた人物たちの特定作業は進んでいますか」

「まだ、すべては終わっていませんが、あの場にいた男のひとりに逮捕歴がありました。振り込め詐欺の受け子として活躍していた時期があるようです」

　春菜の報告に苦笑いを返した。

「ごめん。合間を見て手伝うからさ。睨みつけないでよ。次は殺された内山貴士です。彼もナイジェリア詐欺やロコ・ロンドン取引詐欺に関わっていた可能性は充分、考えられると思うんだよね。名簿屋みたいな役割を担っていたわけでしょう。連絡役もやっていたというあたりが、わたしとしては、とても気になるわけです」

冴子は、二件目の遺体遭遇となった事件を口にする。実父の佐古課長には、死体追跡班などと揶揄されたが、別に遺体を探しているわけではない。たまたまなのだが、一件目と二件目には繋がりがあるのではないかと、これも引っかかっていた。

「被害者と加害者。騙された人、騙した人。二人とも遺体で発見された」

独り言のように呟き、二人を見やる。ごく自然に千紘で目がとまった。

「内山貴士の解剖報告書は、まだ来ていないんだよね。爪に残されていたと思われる皮膚片のようなものについての検査結果も、鑑識から来ていない？」

「あたしを当てにしないでよ、冴子。いつも、いつも、女の魅力が通用するとは……」

千紘が言い終わらないうちに扉がノックされた。遠慮がちな音になったのは、早朝だからなのか。ノックした人間が、遠慮がちな性格だからなのか。

「千紘」

冴子はぴんときて「出ろ」と仕草で示した。意図を察したのだろう、あるいは憶えのあるノックの仕方で、千紘も予感があったのかもしれない。扉を開ける前から満面の笑みを浮かべていた。

2

「やったぁ、イサムちゃん」

　と、千紘はいきおいよく飛びついた。

「噂をすれば、ですね。まさに今、イサムちゃんの話をしていたところなの。グッドタイミングなぁんて、もはや死語かしら。とにかく、お待ちしておりました。ささ、どうぞ、中へ。春菜、お茶をお願い。冴子は椅子をご用意して」

　このときとばかりに二人に命じた。鑑識係の竹内勇（たけうちいさむ）は、本庁の鑑識係の係長として地道な仕事を熱意とともに続けている。見るからにオタクという感じで、彼女いない歴三十八年のようだった。

「あ、いや、お茶はいいです。すぐに戻らないと、まずいので」

　眼鏡をずりあげて、上着の懐から携帯を取り出した。

「これ、千紘さんに頼まれていた内山貴士の検査結果です。コピーを取ったり、パソコンからメールを送ると証拠が残るので、私用の携帯に入れてきました」

　差し出された携帯を、春菜は奪い取るようにして、すぐさま自分のデスクに座る。

性格なのだろう。竹内は気分を害したふうもなく、穏やかな口調で続けた。

「爪の残留物のＤＮＡ型を調査した結果と、ついでに解剖報告書も入れておきました。捜査1課に友人がいるのですが、彼によると佐古課長は、追跡班に『スーツケース殺人事件』の解剖報告書を渡さなかったと聞きましたので」

「うわっ、助かる。ほんと、感謝感激だわ」

千紘は抱きついたまま頬をすり寄せる。竹内は真っ赤になりながらも押しやろうとはしない。満更（まんざら）でもない顔をしているように思えた。冴子は言われたとおり、椅子を用意して、茶を淹れた。

「どうぞ、竹内係長」

椅子を勧めると恐縮して何度も辞儀をする。

「あの、いや、本当に戻らないとまずいので、お気遣いなく。自分は昨夜、宿直だったんですよ。居残っていた同僚がいたため、こんな時間になってしまいましたが、部署にだれもいないのはまずいんです。だから早く戻らないと」

そう言いながら座っていた。千紘は後ろにまわって、竹内の肩を揉んでいる。冴子は春菜に目顔で呼ばれて、パソコンの画面を覗き込む。被害者・内山貴士の実家の住所や職業を見たとたん、閃くものがあったが、口にはしなかった。

「重要な案件が、載っていないね」

冴子は小声で春菜の耳元に囁いた。頷き返して、春菜は肩越しに千紘を見やる。

「デートをご希望なのかも」

「お疲れ様でした。本当にありがとうね」

冴子たちの視線には気づかなかったらしく、千紘はひとときの労りを続けていた。

「どういたしまして。あぁ、美味しいお茶ですねえ。女性が多い職場というのは、いいな。心がなごむというか、疲れが吹き飛びます」

「またまた、イサムちゃんは、そうやって、まったりするんだから。お茶を飲んだら早く帰った方がいいよ。ここに出入りしているのがわかると厳罰ものでしょ」

用が済んだら、さっさと帰れという言動になっていた。にこやかな笑みを浮かべているが、目は笑っていなかった。

「確かにそうですが」

竹内はもう一度、眼鏡をずりあげた。

「検査結果や報告書を持って来たことが、露見しないでしょうか。先程も言いましたように、同僚がいなくなるのを待って、私的な携帯に移したんです。もし、露見したら……」

「クロノにメールが流れて来たと言います」

冴子は覆い被せるように言った。

「流して来た人物については不明。送り主はメールを送ってすぐに消去した。ゆえに、クロノに送り主のメールアドレスは残っていない。それで押し通します」

「そうですか」

竹内は安堵したように茶を飲んでいる。

「だからさ、イサムちゃん。早く戻った方が……」

「おは、おはようございます！」

不意に扉が開いて、伊都美が飛び込んで来た。走って来たのかもしれない。息をきらしていた。

「あ、おはようございます。鑑識係の竹内と申します」

竹内は立ち上がって挨拶する。

「それでは、これで失礼します」

慌て気味に言い、大急ぎで扉に向かった。

「待ってください」

春菜が追いかけて携帯を返し、伊都美は扉を大きく開けて、深々と辞儀をしながら見送っている。冴子と千紘も感謝を込めて一礼した。

扉を閉めたとき、

「罪作りな女」

　ぼそっと言った春菜に、伊都美はすぐさま同意する。

「喜多川巡査の言うとおりです。ここに来る道すがら、チビクロで会議の様子を聞いていたのですが、これはいけないと思いまして、そこからは全力疾走しました。危うく端末を落としかけました」

　大きなブランド品のバッグから、大切そうにチビクロを出した。包んでいたスカーフを取って机に置いた。

（あ。買ったんだ）

　冴子は警視の新しいスニーカーに気づいたが、今はお小言を聞くときと判断して口にはしない。春菜も気づいたようだったが、なにも言うことなく、パソコンの前に戻っていた。

「卑怯な真似をしては、いけません。事が公になった暁には、追跡班だけでなく、先程の男性も責めを受けるのですよ。他の部署に情報を渡した罪は重いと思います。退職勧告されるのは間違いないでしょう」

「駄洒落ですか」

　突然、クロノが口をはさんだ。わからなかったに違いない。

「え？」

　伊都美は怪訝な目を返した。

「重いと思います。『おも』が重複しています」

と、クロノ。

「あ、ああ、言われてみればですね。でも、今のは駄洒落ではありません。女の武器を使うのはやめた方がいいのではないかと、わたくしは小野巡査に提言しているのです。本当に好きならともかくも、利用するのはどうかと」

「本当に好きなんです！」

千紘は声を張り上げた。

「だから交際しているのに……ひどい。女の武器を使うとか言われて、あたしは傷つきました。結婚を前提にしたお付き合いなんです。イサムちゃんのこと、大切に想っているんですよ。それなのに」

話している途中で涙をあふれさせた。泣き崩れるようにして自分の椅子に座る。伊都美はあきらかに狼狽えた。

「え、いえ、あ、あの」

助けを求めるように冴子と春菜を見たが、二人は竹内のデータを確認して、それぞれの携帯に送り、印刷する作業に入っていた。千紘は大粒の涙をあふれさせ、ティッシュで拭い、鼻をかんだ。何度も啜(すす)り上げている。

（役者だねえ）

冴子は醒めた目で見ていたが、生真面目な警視はまともに受け止めていた。

「すみませんでした」

深々と一礼する。

「端末では、表情や声の微妙な感じがわからないんです。わたくしは、てっきり利用しているのだと勘違いしてしまいました。そうですか。小野巡査は真剣な気持ちでお付き合いしているのですね」

「はい」

千紘は答えて目を上げた。

「伊都美ちゃん、革製のスニーカーだ」

「あ」

恥ずかしそうに頬を染める。

「じつはあの後、すぐにネットで注文したのです。それが昨日、届いていたようで、ふだん一足はこの黒、もう一足はベージュにしました。赤も素敵で迷ったのですが、ふだん履くにしても派手かなと」

「そんなことないよ、赤も買いなよ。すごく似合ってる。歩きやすいでしょ？　足の痛みが違うでしょ？」

「はい。ご助言に従ったことを、あらためて良かったと思いました。外反母趾になりかけていたのですが、とても楽ですね」

「ご家族の反応は？」

「革靴なのだと言ったら納得していました。祖母や母は、自分たちも買おうかと考えているようです。二人とも、わたくしとサイズが同じですので、ベージュのスニーカーを試していました」

スニーカーの話題を振った時点で話を変えたのだが、そういった考えは浮かばないのかもしれない。素直だった。

「でしょう？」

素直ではない千紘は得意そうに胸を張る。

「内山貴士の実家ですが」

冴子は『スーツケース殺人事件』の被害者に話を戻した。印刷したプリントを、まずは警視に渡して、続ける。

「驚いたことに、内山貴士の実家もまた、町工場でした。自宅兼工場のある場所は、大田区です」

「え」

伊都美と千紘の驚きが重なった。〈赤尾機械〉や神谷彬の会社及び自宅も大田区である。結びつけずにいられない。

「イサム調書には、ひとつ、重要な案件がぬけていました。内山貴士の遺体が入ったスーツケースは、だれが、どこから送ったのか。宅配で届けられたわけですからね。当然、送り状に送り主や住所が記載されています。ところが、持って来たイサム調書には、その部分が抜け落ちていました」

冴子は千紘に目をあてたまま告げた。意味を察したに違いない。

「わかりました。イサムちゃんに連絡してみます。必要ならば、どこかでお目にかかってという話にしますので」

仕方なさそうに答えたが、伊都美は騒ぎの予感がしたのではないだろうか。

「内山貴士の実家に行くのですか」

早くも不安そうな表情をしている。捜査1課の仕事なのに、追跡班が出張れば文句が来るのは必至。情報の出所を追及される可能性も高かった。

「もちろんです」

冴子は答えた。

「申し訳ないのですが、春菜だけは別件を調べてください。内山貴士の実家には、わたしたち三人で行きますので」

「了解」

特に文句を言うこともなく、春菜は了承する。

伊都美の顔は、ますます暗くなっていた。

3

内山貴士の実家〈内山製作所〉は、赤尾機械の下請け会社だった。農業機械メーカー・赤尾機械の部品作りが主な仕事だが、むろん他社からの受注もあるだろう。仕事上の付き合いは当然、考えられる。しかし、赤尾社長と内山家の場合は、私的な繋がりを持っているのではないだろうか。家族ぐるみの付き合いとまではいかないかもしれないが、社長同士、日常的に連絡を取り合っているように思えた。

「なにかの間違いではないでしょうか」

覆面パトカーの後部座席で、伊都美は何度も同じ言葉を繰り返していた。内山貴士の爪から採取した皮膚片の調査結果は、追跡班のメンバーに少なからぬ衝撃をもたらした。口にするのは伊都美だけだが、彼女の驚きがそのまま冴子たちの驚きと悲しみでもあった。

「わたくしには、とても信じられません。もう一度、科学捜査研究所に調べ直してもらいませんか。その結果を待って、いえ、そもそも追跡班が捜査1課の事件に関わること自体、許されないことです。佐古課長がなんと言うか」

伊都美の不安そうな表情は変わらない。冴子たちが乗った面パトは、内山貴士の実家まであと五分という地点に来ていた。

「捜査1課が来るかもしれません。待っていた方が、いいのではないでしょうか。あの冷たい目でなにを言われるかと思っただけで」

女性警視は小さく身震いする。

「すみません。本郷警視にそれほど恐い思いをいだかせているとは……気になることがあるんですよ。どうしても、内山貴士の実家と家族をこの目で見たいんです」

「いえ、わたくしが勝手に怯えているだけです。気にしないでください。それよりも、片桐巡査長の気になることとは、なんですか」

「会話を遮るようで恐縮ですが、恐怖が現実のものになりました」

助手席の千紘は、背後を見やっている。何台かの覆面パトカーを、冴子も確認していた。

内山貴士の家族に聞き取りをして、任意同行する予定なのではないだろうか。まだ逮捕状は請求されていないはずだった。

「なんの真似だ」

無線機から佐古の声がひびいたとたん、伊都美が大きく身震いした。

「追跡班は、この近くで潜入捜査を行っています。たまたまクロノが内山貴士の情報を手に入れたため、ついでに様子を見ようと思ったのですが、現在の潜入先と内山貴士の実家は、親会社と下請け会社の関係にある事実が判明しました。それで捜査1課に同道できないかと思った次第です」

冴子は正直に答えて、続けた。

「最初にご遺体を発見した死体追跡班としては、気になっています。潜入捜査の時間まで間がありますので、一緒に行ってもよろしいですか」

佐古は正面きって言われると断れない面がある。他の面パトにも流れているであろう無線のやりとりを、気にするがゆえであるのは言うまでもない。

微妙な間の後、

「いいだろう。ただし、口は出すな」

渋々という感じだったが許可した。

「わかりました。ありがとうございます」

答えながらスピードを落として、面パトを佐古たちの車輛の後ろにつけた。捜査1課と所轄からは、全部で三台の面パトが来たようだ。冴子は〈内山製作所〉から一番離れた位置に停める。降りるとき、伊都美が座り込みそうになった。

「大丈夫ですか」

冴子は素早く左腕を摑む。

「もし、無理なようであれば、本郷警視は車の中でお待ちください」

「いいえ。わたくしは、追跡班の責任者です。部下だけを現場に行かせられません」

「そんなに頑張らなくてもいいよ。でんと後ろに控えていてくれるだけで、あたしたちは安心して動けるんだからさ」

右腕を千紘が摑んだ。

「ご心配には及びません。『スーツケース殺人事件』は、追跡班の捜査に関わりがあるかもしれない案件です。佐古課長の許可もいただけました。わたくしたちは、見守ることにしましょう」

腰や足に力が戻ったらしく、そっと冴子たちの手を外した。座り込まないのを確認したうえで、冴子は佐古たちの後ろに控える。午前七時二十分だったが、すでに〈内山製作所〉の工場には内山の父親と祖父らしき二人の男がいた。

男たちは作業服姿で、仕事を始めていたようだ。警察官の訪問に気づいたのか、父親と思しき男は、機械を止めて前に出て来る。内山貴士を引き取って離婚した後、再婚はしていない。祖父の妻らしき老婦人が、奥から姿を見せた。

どこかで見たような光景であり、冴子は強い既視感を覚えている。

（三善雅也）

手話詐欺事件の容疑者だった若者の実家を、いやでも思い出していた。非常に近い二人の年齢、小さな町工場、母親や祖母たちは老いた後も身体に鞭打って、家事と事務の仕事をこなしている。家内工業の大変さが、ここにも表れていた。

　修理工場を手伝っていた三善雅也とは違い、内山貴士は半グレ生活から抜け出せないまま、死に至ったことも考えられた。

「警視庁捜査1課の佐古です」

　佐古が、警察バッジを掲げた。

「内山貴士君のお父さん、内山聡士さんですね」

　四十八歳の父親に目を向けている。白髪まじりの短髪や深く刻まれた顔の皺に、長年の苦労が滲んでいるように見えた。売り上げが落ちるばかりの業界だ。濁流を流れる木の葉のように揺れながら、かろうじて生き残ってきたのではないだろうか。

「はい」

　内山聡士は答えて、手袋を外した。

「息子さんのことで少しお話を伺いたいんですよ。署までご同行願えませんか」

　佐古は顎で後ろに立つ所轄の警察官を指した。逮捕状が発令されていない今、任意同行になるのだが、承諾しなければ逮捕状を取るだけだという気魄を、警察官たちは放っている。見えない圧力に屈したのか、

「わたしが、貴士を殺しました」

　聡士はいきなり自白した。

「そんな」

後ろに立つ伊都美が、小さな声で言った。座り込むのではないかと思い、冴子は振り返ったが、警視の隣にいた千紘がしっかり支えていた。

そう、内山貴士の爪に残っていた皮膚片からは、きわめて彼に近い親族のＤＮＡ型が検出されたのである。父親や祖父、弟妹などに限定されたのだが、内山貴士はひとりっ子であり、弟妹はいなかった。

「あなたが、息子さんを殺したのですか」

佐古は念のために確認する。

「そうです。でも、殺すつもりは、ありませんでした。うちの仕事を、親父の代から続けてきた仕事を馬鹿にするようなことを言ったので、つい」

「かっとなって首を絞めた？」

「はい」

「手錠を」

命じた佐古に、冴子は告げた。

「待ってください。念のために両腕に引っ掻き傷があるかどうかを、確かめた方がいいのではありませんか」

死の苦痛にもがく中、内山貴士は自分を殺そうとした人物の腕を死に物狂いで引っ掻いた。傷痕が残っている人物こそが殺人者なのはあきらかだ。

「すでに被疑者は自白しているが、そうだな」

佐古の仕草を受け、所轄の二人が前に出たが、かれらより先に聡士は、自分で作業服の袖をまくり上げていた。

右腕に、蚯蚓(みみず)腫れが残っていた。

「椅子に座っていた貴士を後ろから」

聡士は右腕を首にからめるような動きをする。

「よし、確認。逮捕だ」

佐古は逮捕時間を言い、所轄の警察官が手錠を掛けた。青白い顔をして様子を見ていた祖父母に、冴子は目を向けた。

「念のために、DNAを採取させていただけますか。綿棒で口腔内の粘膜を、ほんの少し採るだけ……」

「親父は関係ありません！」

聡士が大声で遮った。あまりにも不自然すぎる言動だった。一瞬、工場内は不気味な静けさに包まれる。

「採取させていただくように」

佐古の言葉で、冴子は動いた。手袋を着けてバッグから出した綿棒を使い、祖父の内山貴夫の口腔内から粘膜を採ってビニール袋に入れた。

貴士は、祖父と父の名前から、一字ずつもらったことがわかる。二文字の名前に、家族の待ち望んだ想いが、込められているように感じた。跡取り息子として、父だけでなく、祖父母も成長を楽しみにしていたのではないだろうか。

「なぜ？」

後ろでは伊都美が、千紘に支えられながら自問を繰り返していた。真っ青になって唇をわななかせている。かろうじて立っているようにしか見えなかった。

「大丈夫ですか、警視殿。また、腰をぬかしそうじゃないですか」

佐古の皮肉と厭味に対して、冴子は睨みつけることしかできなかった。意地の悪い課長は、持っていたビニール袋を奪い取っていくことは忘れない。

「しっかりしてるね。冴子が言わなきゃ、DNAの採取はしていなかったでしょうに」

「小野巡査」

冴子は窘めて、祖父の貴夫に一礼する。老夫婦はみじろぎもせず、面パトに乗せられる我が子を見つめていた。

4

休む暇もなく、冴子は〈赤尾機械〉に向かった。あらかじめ洋服は地味めのリクルートスーツを着ていたので、車の中でメイクをし、ショートヘアのフルウイッグで田中まり子に変身した後、八時四十五分の始業時間ぴったりに事務室へ入った。

「おはようございます」

「あぁ、よかった」

経理の井上淳子が安堵したように言った。専務や今井親子も出勤し、フルメンバーが顔を揃えていた。

「昨日の騒ぎに嫌気(いやけ)がさして、来なくなるんじゃないかと思ったの。よかったわ。優秀な社員に、わずか一日でやめられたら困ります。すべては専務のせいですからね」

ちらりと専務に目を走らせる。デスクに座っていた勝則は、面目ないというように両掌(りょうて)を合わせた。

「申し訳なかった。せっかくの歓迎会を台無しにしてしまったね。日を改めて、やり直そうと話していたんだよ」

今井親子は同意するように頷いていた。

「やり直す必要はありません。もったいないです、二度も歓迎会なんて」

笑みを向けながら冴子は、自分のロッカーにコートと上着を掛け、会社名が入った上着を羽織る。上着のポケットに携帯を移すのを忘れない。

「テレビのニュースで見て気になったのですが、〈内山製作所〉さんは、うちの下請け会社ですか」

デスクに座りながら淳子に訊いた。むろん確認のためである。

「ええ。そうよ。内山製作所さんとは、かれこれ五十年ぐらいのお付き合いになるんじゃないかしら。跡取り息子さんがねえ。まさか、あんなことになるなんて」

しんみりした口調になっていた。

「専務の話では高校を出た後、しばらくは工場を手伝っていたらしいのよ。それが、いつの間にか、半グレの仲間入りをしていたみたいね。わたしも驚いたわ」

「わたしもです。家族ぐるみのお付き合いのような感じだったんですか」

「そうだと思うわ。内山製作所の先代と、うちの社長は同じ大学の同期なの。確か専務と今の社長さんも、同じ高校だったんじゃないかしら。そういった関係があったからでしょう。社長と専務は、かなりショックを受けていたわね」

「そうでしたか」

冴子は、素早く記憶に刻み込む。七十二歳という大きな共通項を持つ人物は、自死した墨田区の町工場の経営者、赤尾重勝社長、車の修理を頼んだ大田区の地主・神谷彬、さらに内山貴夫を加えて四人に増えた。

（偶然とは思えない）

神谷彬との繋がりが、今ひとつであるため、春菜に調査を頼んだ。はたして、繋がりがあるかどうか。

「わたしが出ます」

電話が鳴ったので冴子は素早く出た。

「はい。〈赤尾機械〉です」

「野口ですが、社長はいますか」

昨夜の訪問者が、ふたたび連絡して来た。

「お待ちください」

保留にして、淳子に告げた。

「野口様ですが、社長は出社していらっしゃいますか」

「社長室にいらっしゃいますが」

有能な経理係は、専務に答えをゆだねるような目を投げた。

「わたしも社長と一緒に話を聞くよ」

勝則は立ち上がって社長室に足を向ける。とそのとき、冴子の上着の右ポケットで携帯が振動し始めた。緊急事態が起きたときしか、連絡しないように言ってある。すぐに見たかったが、なんと言っても出社したばかりだ。

（なにが起きたのか）

疑問を無理に封じ込めた。

「社長に来客だわ」

淳子が受付からの連絡を受けるのと同時に、その客が姿を見せた。

「おはようございます」

コートを片手に持ち、仕立ての良さそうなスーツに、ブランド品と思しき眼鏡をかけていた。遣り手の老練な営業マンといった雰囲気の年寄りを見た瞬間、

「………」

冴子は思わず我が目を疑った。

山本富男だった。

あるときは足立区の酒屋の店主、あるときは闇カジノの経営者、そして……今回は営業マンになりきっていた。外で見張っていた千紘が連絡して来たのは、おそらく山本を見たからだろう。特殊メイクを手掛けるだけあって、変装を見破る技に長けている。間違いないだろうと思いながらも、冴子はすぐには動けなかった。

「昨夜、赤尾社長に電話でアポイントを取りました。山本富男が来たと、お伝えいただけますか」

冷静な山本の声で我に返る。

「お待ちください」

答えた冴子より先に、淳子が動いた。

「わたしが伝えて来ます。田中さんは、お茶の用意をお願い」

「はい」

頷いて、山本の近くに行った。

「コートをお預かりします」

「すみませんね」

差し出されたコートは軽く、シワも目立たない上質の品であり、眼鏡越しに間近で確かめたが、やはり、山本富男に間違いなかった。三つの顔を知っているわけだが、意外なことに老練なビジネスマンの顔が一番、しっくりしているように感じられた。

(本名で来るとはね)

特殊詐欺追跡班の警察官としては、己の未熟さを痛感している。酒屋の店主や闇カジノの経営者こそが、演じた姿なのかもしれなかった。

(本郷警視だったら腰をぬかしていたかも)

コートを掛けながら、冴子は落ち着きを取り戻していた。千紘が言ったとおり、伊都美は癒し系らしい。不謹慎かもしれないが、くすっと心の中で笑うことによって、いつもの冷静な自分に戻れた。

給湯室で湯を沸かし、茶の用意をする間に、素早く携帯を見た。送られてきたメールの内容は、山本富男の訪問を知らせるものであり、吃驚マークの連打になっていた。

（なるほど。捜査2課が山本富男を泳がせている理由は、これか）

不吉な思いが浮かんだ。

（まさか）

ハンドルネーム、天下人。

半グレを纏め始めているという謎の人物は、山本富男なのだろうか。眼前の老人が、織田信長の天下統一を真似て、半グレをひとつにしようとしている男なのか……。

「ご案内します」

淳子が戻って来て、山本を社長室に案内する。入れ代わるようにして出て来た専務が、事務室のデスク前に腰をおろした。同席を断られたのかもしれない。不機嫌そうに眉をひそめていた。社長室から淳子が出て来る。

「田中さん、持っていってくださるかしら」

すぐに給湯室へ来た。

「わかりました。古くからの取引相手の方ですか」

湯飲みに茶を注ぎつつ、怪しまれない範囲の疑問を向ける。必要な情報をすみやかに得たかった。

「いいえ、初めての方よ。専務はちょっと警戒しているわね」

確かに勝則専務は、じっと社長室を見つめていた。電話が入ったタイミングを考慮すると山本は、顔を憶えられて出入りしにくくなった野口某の仲間である可能性が高かった。

「お茶は、わたしが運んでも、よろしいのですか」

冴子は訊いた。

「ええ。お願い」

軽く肩を叩かれる。冴子は盆を持ち、社長室に向かった。山本はまったく気づいていないようだが、油断できない。気づいていないふりをしているだけかもしれないからだ。

「失礼します」

扉をノックして、社長室に入る。自然な足取りでソファに近づき、赤尾と山本の前に湯飲みを置いた。何度、見ても山本の化けっぷりには感心せざるをえない。もしかすると、かつて彼は営業マンだったのかもしれなかった。

「しばらくの間、だれも来ないように言ってくれないか。専務もだめだとね」

赤尾の言葉に答えた。

「わかりました」

　冴子は盆を抱えたまま、一礼して、社長室をあとにする。事務室に戻ったが、社員は専務のデスク前に集まっていた。

「どうしたんですか」

「静かに」

　淳子が人差し指を唇にあてて、制した。専務のデスクには、なにかの端末のような機械が置かれている。

「今、金の価格が急上昇しているのは、赤尾社長もご存じのとおりです」

　山本の声が流れた。

「これは」

　冴子の当惑したふりを、淳子が受けた。

「社長が出勤なさる前に盗聴器を仕掛けてもらったのよ」

　と、今井秀二を指した。それで全員、始業時刻前に揃っていたのかと納得している。いずれにしても、追跡班にとってはありがたいことだった。

「特にロンドンでの取引が、非常に有利なんですよ。百万円預ければ、毎月、三万六千円の利益が出ます。今だけなんですよ。それで是非、赤尾社長にと思いまして」

　山本が仕掛けているのは、『ロコ・ロンドン金取引』のようだった。冴子を含めて総勢五名の社員は無言で耳を傾けている。一言も聞き洩らしてはなるまいと、冴子はさりげなくメモを取っていた。

「百万預ければ、毎月、三万六千円。一千万預ければ、毎月、三十六万か」

赤尾社長が言った。声から感情は読み取れないが、たった一年で利益が四百三十二万という計算はしているかもしれない。銀行の利子がほとんど期待できない今、預けておくだけで金が入るのは、だれにとっても、そそられる話ではないだろうか。

「前々から『ロコ・ロンドン金取引』などという、怪しい儲け話が出ていますが、わたしのこれは慥かな筋からの情報です。赤尾社長に絶対、損はさせません。命を懸けてもいい。人数に限りがあるため、お知らせに伺った次第です」

山本は自信たっぷりに言い切る。実際に顔を見ていなくても、声の大きさや雰囲気で察せられた。

「わかっています。昨夜は失礼な真似をしてしまいました。野口さんを門前払いする形になって、申し訳なく思っているんです」

「野口は気にしていませんよ」

山本は巧みだった。

「むしろ赤尾社長を心配していたぐらいです。会社内に社長派、専務派といった派閥ができて、社員が対立するようになるのは、我々としても本意ではありません。会社の運営が、うまくいってほしいですからね。いち早く環境ビジネスに着手した赤尾社長を応援したい気持ちなんですよ。繰り返しますが、絶対に損はさせません」

案じるふりをして、気持ちに寄り添い、信頼を勝ち取る。それが詐欺師の常套手段だ。赤尾社長は信じているのか、あるいは信じたふりをしているのか。

（追跡班に匿名メールを送ったのが、赤尾社長だったとしたら）

自ら囮役を買って出たことも考えられる。専務は言動から察するに、匿名メールの主ではないだろう。盗聴までして赤尾社長を止めようとするのは、本当に危機感を覚えているからではないだろうか。

（やはり、わたしの推測どおりなのかもしれない）

大胆すぎると思い、仲間にも告げなかった内容がちらついている。「まさか」と「やはり」が交錯していた。

「わかりました」

赤尾社長が話を切り上げる様子を見せた。

「前向きに善処（ぜんしょ）しますよ。わたしはお願いしたいと考えていますが、ひとりでは決められませんからね。相談してから連絡します」

「わかりました。それでは、これで失礼します」

話が終わるや、社員たちは急いで自分のデスク前に戻る。専務は盗聴器の端末を自分のデスクの抽出に隠した。ほどなく、山本が出て来る。

「それでは失礼します」

「二、三日中に連絡しますよ。野口さんに、くれぐれもよろしくお伝えください」

「わかりました」

こちらに来る山本に、冴子はコートを手渡した。いち早く扉を開け、エレベーターホールに向かう。ボタンを押して、山本が乗るのを待っていた。

「気をつけてお帰りください」

辞儀をして、これ以上、顔を見られないようにする。山本富男が本当に半グレの首領をめざす男であれば、冴子の正体に気づくかもしれない。エレベーターの扉が閉まるまで、深々と辞儀をして見送った。

上着のポケットで携帯が、ふたたび振動し始める。山本富男を尾行するという知らせに違いなかった。

5

「山本富男は、『ハンドルネーム、天下人』かもしれない」

捜査2課の仲村健吾課長が言った。追跡班の部署に、冴子、春菜、仲村の三人が居残っている。千紘と伊都美は先に帰っていた。

「あるいは、別の人物が天下人なのかもしれないが、山本富男は複数の顔を持っている。きわめて怪しい足立区の酒店、最寄り駅近くのマンションで繰り広げられる闇カジノ、さらに大掛かりな金取引や未公開株詐欺を行っている可能性が高い。内偵を続けて、接触して来る人間を調べているところだ」

「闇カジノの男は、逮捕しないんですか」

冴子は言った。従業員のひとりは、特殊詐欺の受け子をやっていた前科がわかっている。闇カジノにいた人物のなかには、他にも受け子や使い走りなどの仕事をしていた男女が、新たに見つかっていた。今は泳がせておくという命令に従い、追跡班は動いていなかった。

「今は逮捕しない」

「野口某と米国人ふうの男についての調べは進んでいますか」

一歩踏み込んだ問いを投げた。限られた人数で動く追跡班は、やはり、限界がある。できるだけ協力し合うのが事件解決への近道なのはあきらかだ。

「相変わらず、下町の比較的安価なビジネスホテルに泊まっているよ。二人が接触しているのは、中小企業の経営者が多いな。個人の場合は、原野商法詐欺で引っかかった被害者がほとんどだ」

そこで終わる。調査結果の話が出るか、少し待ってみたが続きはなかった。

(情報を渡したくないのか。渡さないように、佐古課長から命じられているのか)

冴子が口を開く前に、仲村は言った。

「追跡班にはもう一度、闇カジノに潜入してほしいんだよ。容疑が固まった時点で全員の逮捕状を取って、逮捕する予定なんでね。一網打尽にしたいんだ。逃がしたくない」

情報は渡さないうえ、手足になって働けという理不尽きわまりない申し出だった。囮捜査を押しつけて自分たちはお手並み拝見とばかりに、安全圏で高みの見物を決め込むつもりらしい。だが、二度目になれば危険が増すのは必至だった。

「条件があります」

「なんだ」

「先程、話に出た野口某の訪問先の調査結果をください。追跡班も確認してみたいので」

「言われるまでもない、渡すつもりだったよ」

苦笑いしたが、鵜呑(うの)みにするほどお人好しではない。

「あと、逮捕した内山聡士の供述調書を見せていただきたいのです。できれば内山聡士の事情聴取を映像で拝見したいのです。さらに父親と祖父のDNAのどちらが、亡くなった内山貴士の爪にはさまっていたDNA型と一致したかも教えてください」

捜査1課からは無視されているのが現状だ。佐古と親しい仲村から手に入れるのが、手っ取り早いと思った。

「わかった」

渋々といった感じだったが受けた。

「ただし、佐古課長次第だ。無理な場合もある。そこは理解してくれないか」

「わかりました。ですが一点だけ、どうしても早急に知りたい事案があります。内山貴士の遺体を収めていたスーツケースは、だれが、どこから送ったのか。送り状があるわけですから、これはすでに判明していますよね」

納得できなかったが、とりあえずは交換条件をさらに提示する。仲村から情報が得られない場合は、千紘の裏技——鑑識係から密かに入手するしかなかった。

「判明しているはずだ。ちょっと待て。その件ぐらいは、すぐに教えてもらえるだろう。メールを送ってもらうよ」

仲村は携帯で連絡し始める。ついでにすべての調書を送ってもらえと、喉まで出かかったが、こらえた。

「もう一点、伺いたいことがあるのですが」

冴子は気になることを切り出した。

「次から次へと色々出るな。どんな話だ」

「以前、仲村課長は『最近、銀詐欺が横行しているらしい』と仰いました。一度だけですが、聞いた憶えがあります。銀詐欺とは、シニアの詐欺師が横行しているということでしょうか」

「銀詐欺」

仲村は思い出すように遠い目になる。

「さあて、そんなこと、言ったかな」

「憶えていらっしゃいませんか」

「うーん、言ったような気がしなくもないが……『ハンドルネーム、天下人』のことかもしれないな。半グレをまとめるとなれば、それ相応の経験というか。納得させられる詐欺の腕前や知識を持っている人間でなければ無理だ。仮にシニアだけの詐欺師グループがあった場合、その中のだれかが『天下人』じゃないかと思うね」

千紘と似たりよったりの意見を口にした。冴子は仲村がわざと銀詐欺の話を洩らしたのではないかと疑ったのだが、深読みしすぎたのかもしれない。

「繰り返しになりますが、仲村課長は、山本富男こそが天下人だと考えていらっしゃるのでしょうか」

ストレートに問いかけた。山本だけでなく、彼の手下たちをも泳がせる裏には、なにか思惑があるのではないだろうか。

「天下人かどうかは断言できないが、山本が大博奕を打とうとしているのは確かだと思っている。そうでなければ、本名で〈赤尾機械〉に行かないさ。やつらは偽名を使うことが多いからな。にもかかわらず、山本は堂々と本名で出向いた」

一拍、置いて言った。

「山本には孫がいるんだが、難病らしくてね。医療費が相当、かかるんだろう。やつなりに腹をくくったのかもしれない。捕まってもいいから大金を摑んで、家族に残したいと考えたのかもしれないな」

今まで出なかった話を伝えた。追跡班は山本富男の身辺調査を、あらためて行うつもりだが、ある程度の話が得られたのはありがたかった。

「そうですか」

冴子は受けて、お返しとばかりに、新たな情報を提供する。

「喜多川巡査の調べでは、神谷彬の家にも野口某が訪れたようです。赤尾社長に持ちかけた『ロコ・ロンドン金詐欺』の話をしに行ったのかもしれません」

「神谷彬は、と」

仲村は自分の手帳を繰った。

「大田区の地主であり、都内の何カ所かで輸入雑貨店を経営、さらに貸しビルや貸店舗を経営している。ついでに言うと集合住宅も何棟か持っているな。最近では、委託して野菜工場も始めたようだが」

問いかけの目を投げる。

「はい。〈赤尾機械〉でも、水質の改善剤を製作しようとしています。まだ完成していませんが、赤尾社長が神谷彬に野菜工場の経営を勧めたのかもしれません。もしくは逆に神谷彬が水質の改善剤の開発を勧めたのか。共通項があるんですよ」

冴子の言葉に従い、春菜がボードに素早く書きあげた。

自死した墨田区の町工場の経営者。大田区の地主・神谷彬。〈赤尾機械〉の赤尾重勝社長。『スーツケース殺人事件』の被害者・内山貴士の祖父・内山貴夫。

「四人とも、七十二歳なのです。さらに全員が、同じ大学の同期でした。また、内山製作所は赤尾機械の下請け会社で、経理の女性に確認したところ、家族ぐるみの付き合いがあったようです」

「それで?」

仲村は訊き返した。

「ある程度の繋がりがあるのはわかったが、肝心の話が見えてこない。片桐巡査長は、なにが言いたいんだ?」

「七十二歳のかれらは連絡を取り合って……」

「待て」

仲村が止めた。

携帯を見た後、

「『スーツケース殺人事件』の送り主に関する情報だ。だれが、どこから遺体の入ったスーツケースを送ったのか」

呟きながら冴子たちの携帯にメールする。送り主の名前と住所が流れた。

「送り主の名前は、偽名と判明した。住所だが、大田区の集合住宅の空き部屋で、だれも住んでいなかったようだな。特殊詐欺でも使われる策だよ。近頃は空き家や空き室だらけで、いくらでも偽の住人になれる。おそらく今回もそれなんだろう。たいした話じゃないから、佐古課長は知らせなかったのかもしれない」

仲村は佐古を庇うような発言をした。反論は多々あるし、知らされた事案が重要案件かどうかを決めるのは、冴子たちだ。

「ありがとうございました。念のために集合住宅の持ち主を調べてみます」

判明しているだろうに、わざと教えなかったことも考えられる。佐古からの情報は疑ってかかる癖がついていた。

「最後にもうひとつ伺いたいことが」

「まだ、あるのか」

うんざりしたように言った。

「提出した調査結果に記しましたが、強盗傷害事件の被疑者・中西幸平と、原野商法二次詐欺事件の被疑者・工藤雄次郎は、取り調べ中に手話で『よろしく』というような仕草をしました。あれは、だれに向かってのメッセージなのでしょうか」

冴子は思いきって質問した。春菜も隣に来て、重要な疑問の答えを待っている。本当にメッセージだとした場合、だれに向けたものなのか。なにを『よろしく』なのか。減刑や早めの保釈を促すものではないのか。

警察庁か警視庁に、内通者がいるのではないか？

敢えて口にはしなかったが仲村は盆暗ではない、だろう。

「今の質問に関しては答えようがない。個人的には、たまたま同じ仕草をしただけだと思っている。中西幸平と工藤雄次郎は、互いに会ったこともなければ、一緒に仕事をしたこともないと言っていた」

あたりさわりのない答えでごまかしたように思えた。とはいえ、これ以上、追及しようがなかった。

仲村は言った。

「潜入捜査だ」

「足立区の駅近くのマンションへ、裕福なシニアのご夫人とご令嬢に行ってもらおうか。念入りに準備された暗黒街の劇場だ。山本富男や手下たちの容疑が固まり次第、突入して逮捕する」

話が終わるのを待っていたように部署の電話が鳴った。いち早く春菜が受ける。二分ほど話して、こちらを見た。

「大田区の所轄からの連絡です。内山貴夫が、所轄に自首したそうです。追跡班に話したいことがあると」

頬が少し赤くなっているのは、彼女なりに興奮しているからだろう。追跡班を指名されたのが、嬉しかったのかもしれない。

（それにしても）

冴子はいやな胸騒ぎを覚えている。内山貴士の祖父が自首して来るとは……厄介な事件になりそうだった。

第7章　真実の行方

1

「孫の貴士を殺したのは、わたしです。息子ではありません」

内山貴夫は所轄の取調室で告げた。

「聡士は、息子は、わたしを庇っているんです。年寄りに刑務所暮らしをさせるのは忍びないと思ったんでしょう。でも、これ以上、嘘はつけません。妻と相談して、自首することにしました。そうしないと孫も浮かばれませんから」

彼の右腕にも蚯蚓腫れが残っていた。貴士が死に物狂いで引っ掻いたと思われたが、なぜ、父親の右腕にも同じ傷痕があるのか。

「では、聡士さんの右腕にある傷痕は？」

冴子は訊いた。所轄に出向き、千紘とともに取り調べを行っている。佐古は気に入らないようだったが、貴夫が追跡班でなければ話さないと言ったため、自然にそうなっていた。

「聡士の傷痕は、わたしが付けました。椅子に座った状態で後ろから右腕をまわしてもらい、引っ掻いたんです。貴士の苦しみが、ほんの少しだけ、わかったような気がしました。本当にほんの少しだと思いますが」

もしかしたら、追跡班に密告メールを送ったのは、内山貴夫ではないのか。

（いや、待てよ）

冴子は時間の流れを思い出してみる。内山貴士が死んだのは、密告メールが送られた後ではないのか。そうなると、貴夫ではないことになるが……ほとんど同時期かもしれなかった。七十二歳グループのだれかが密告メールを送り、貴夫はそのだれかの助言を受けて、追跡班を指名したのだろうか。孫を悪事の道に誘い込んだ詐欺グループが許せなくて、警察を動かそうとしたことも考えられた。

「つまり、息子さんは嘘をついていると仰るんですね」

念のために確認する。

「はい。とにかく貴士が死んだ後、わたしは頭が真っ白になってしまいまして……なにも考えられませんでした。聡士に言われるまま息子の腕に引っ掻き傷を作りましたが、刑事さんがDNAを採取させてほしいと言ったとき、頭がすぅっと冷めたんです。『警察はごまかせないぞ。すぐに真実がわかる』と、貴士に言われたような気がしました」

「動機はなんですか。なぜ、殺したのですか」

重くて残酷な問いを投げた。貴夫は下を向いて、少しの間、黙り込む。頭を整理しているのだろうと思い、言葉が出るのを待った。

「〈内山製作所〉は、わたしが裸一貫で始めた工場です。幸いにも戦後の高度経済成長期の波に乗って、家族を養っていくぐらいは稼げました。地道にコツコツと仕事をするのが、あたりまえだったんです。ところが」

力無く言い、昏い目を向けた。

「貴士はわけのわからない仕事をして、二十万とか、三十万という大金を手に入れるようになりました。『まっとうな道を歩け。悪事に加担するんじゃない』と、息子と一緒に何度も諭したのですが、聞く耳をもたなくて」

そこでまた、間が空いた。一生懸命、集中しているのが、目や表情に浮かび上がっているように感じられた。

「あの日、貴士は酔っていました。日曜日でした。前夜から家に仲間を呼び、昼間から酒を飲んで、大騒ぎしていたんです。悪態をつくのはいつものことでしたが、あの日はしつこかった。無視しても絡んできて、わたしと聡士から離れませんでした」

貴士は祖父と父親を嘲り、嗤った。

「真っ黒になって働いてよ。いくら稼げるんだ、ええ、じいちゃん。月の純利益は、二十万か、三十万か?」

酒臭い息を吐きながら執拗に暴言を続けた。

「アホらしい話だぜ。おれなんかよ、一回の仕事で軽く三十万は稼げる。この間なんか、百万だぜ、ほら、百万」

札束で頰を叩いた。聡士が殴りかかろうとしたが、止めた。怒りはおさめた、つもりだったものを……。

「ちょうど風呂から出て来たときでした。また、言ったんです」

貴夫は下を向いたまま、続けた。

「こんな汚ねえ工場、売っちまおうぜ。知り合いに不動産屋がいるんだよ。話したら乗り気でさ。敷地面積があるからマンションを建てられるって言うんだ。等価交換だったかな。最上階におれたちが住んでよ。他にも何部屋かくれるって言ってたから、あとは家賃収入で悠々自適の老後だぜ、親父もじいちゃんも。明日、来るからさ、不動産屋。よろしく」

なんの相談もなく、いきなり自宅の売却話を持ち出した。貴夫は今まで苦労して積み上げてきたものが、音をたてて崩れ落ちていくのを感じた。

「かっとなって、台所の椅子に座っていた貴士の首に、右腕をまわしたところまでは憶えています。あとは、もう、真っ白で」

まったく同じ話を、貴夫の息子・内山聡士もしていた。貴士はおそらく台所にいたのだろう。聡士が止めに入ったときには、事切れていたのかもしれない。殺めたのは内山貴夫ではないかと、冴子は思っていた。

「すぐに警察を呼ばなかったのは？」

平静を装っていたが、冴子も人間だ。胸が痛むのを抑えられない。眼前の疲れきった老人は、刑務所で人生を終えることになる。

真面目に働き、最初は借りていた工場の敷地を買い取って、現在の自宅兼工場を築いた。トラックや小型車を仕事で使っていたが、スピード違反はもちろんのこと、駐車違反すらした記録がない。ただひたすら働いてきた結果が……これなのか。

「憶えていないんです。よくわからない」

貴夫は頭を振って、困惑するばかりだった。アルツハイマー型の認知症も疑われたが、まだ病院での検査は行っていない。

「お孫さんの亡骸は、大田区の集合住宅から池袋の会社に送られました。彼が働いていた会社です。送った件についてはいかがですか。あなたがやったのですか」

無駄と思いつつ確かめた。

「わかりません。息子はなんて言っていますか」

逆に質問される。

「聡士さんは、とっさに自分が考えて送ったと。貴士さんを狂わせた会社に、責任を取ってもらおうとしたようです。さらに池袋の会社にいるのは、詐欺師集団なのだと警察に伝える意味もあったようですね」

冴子は、祖父と父親のどちらかが、貴士の亡骸をスーツケースに詰めて送ったことに、強い違和感を覚えていた。あまりにも冷静すぎる。第三者の助言や協力があったのではないだろうか。

そう、貴夫と同年齢の仲間。七十二歳のうちのだれか。

（そして、かれらは大きな企みを仕掛けた）

推測だった考えが、今は明確な形をなしていた。おそらく冴子の想像どおりなのではないだろうか。

「〈赤尾機械〉はご存じですよね」

関連する話題を振ってみた。

「もちろんです。社長とは時々、居酒屋へ飲みに行くんですよ。『不景気だ、仕事が減って売り上げは落ちるばかりだ』なんていう、いやな話しか入ってこないでしょう。そんな中にあっても、赤尾さんはコンスタントに仕事をまわしてくれました。今回、こんなことになって、得意先にも迷惑をかけてしまうなと」

語尾がだんだん消えていった。顔色の悪い貴夫に、あまり負担をかけたくない。冴子は一度目の事情聴取を切り上げることにした。

「ありがとうございました。貴夫さんが自首したことを、お孫さんも喜んでいると思いますよ。この後も何度か事情聴取が行われますので、今の気持ちのまま臨むようにしてください」

「は、い」

涙を滲ませて、貴夫はうなずいた。冴子は千紘と一緒に廊下へ出る。待ちかまえていた佐古課長がこちらへ来た。少し離れた場所に伊都美が立っていたが、警視は相変わらず不安そうだった。

「厄介なことになったたな」

開口一番、言った。まるで追跡班の責任と言わんばかりの表情をしていた。

「息子の内山聡士は、自分が殺したと言い張っている。七十二歳の年寄りに、若い貴士の首を絞めるような真似はできない、とね。嘘をついているのは親父の方だと繰り返しているよ。双方ともに自分が殺ったと言い張った場合、裁判員裁判では下手をすると不起訴になりかねない。いずれにしても、あきらかな証拠と証言が必要だ」

貴夫の妻にも事情聴取しているが、その夜は具合が悪くて先に寝んでいたので、なにも見ていないと証言していた。嘘かもしれないが、それを証明する策はなかった。

（手助けした人間がいるはずだ）

七十二歳という大きな共通点が、冴子にひとつの推測をもたらしていた。もう少し確信が持ててからと思い、上司や仲間にもまだ告げていなかった。

「佐古課長のご意見は？」

冴子は訊いた。『スーツケース殺人事件』の被疑者は祖父の貴夫か、それとも父親の聡士なのか。無駄な言葉を省いた分、突き放したような問いかけになったかもしれない。

「ご意見はときたか。えらそうな物言いをするようになったもんだな」

皮肉を返して、続けた。

「わたしは、二人の仕業だと考えている。手をくだしたのがどちらかは断定できないが、スーツケースに遺体を詰めて送ったのは、おそらく息子の聡士だろう。じいさんには無理だ。あるいは二人でスーツケースに詰めたのかもしれないが、運んだのは聡士の可能性が高い」

「偽の送り主がいた集合住宅付近の、防犯カメラのデータは回収したのですか」

冴子は厭味を覚悟しながら訊いた。よけいな口出しをするなと怒鳴られるかもしれないが、思わぬ点と点が線に結びつくことも考えられる。今回の殺人事件は、詐欺事件と密接に関係しているだけに無視できなかった。

「言われるまでもない、解析作業を始めたところだ」

仏頂面に不快感が浮かびあがる。それでも冴子は言った。

「スーツケースの送り主と送り先ですが、仲村課長からのメールでは、集合住宅の持ち主、大家が載っていませんでした。まだ判明していないのですか」

挑発するような言葉を投げる。わざと載せなかったのだろうが、佐古の目が行き届かず、調べられていないことも考えられた。後者だった場合、部下の無能さを指摘されたも同然の流れだ。

「調べたはずだが、抜け落ちたのかもしれんな。あとで確かめてみる」

「お願いします」

と、踵を返した冴子の背に言葉がとんだ。

「週末はまた、猿芝居か」

闇カジノの摘発が、刻々と迫っている。容疑者全員の逮捕状が取れたため、詐欺師たちが揃った現場に乗り込む日が決まっていた。

「我々は囮役です。二度目ともなれば、危険が増すのはいなめません。全員、逮捕できればいいのですが」

振り返って答えた。

「三度目の遺体遭遇だけは、ご免蒙りたいね」

「わたしもです」

一礼して、その場をあとにする。伊都美が、すぐに駆け寄って来た。

「猿芝居という侮蔑するようなあれは、やめていただきたいですね。そのお陰で情報を得られることが多いのに、まったく理解していないように思えます」

警視の感想に肩をすくめた。

「仕方ないですよ。五十一年間、ああやって生きてきたんですから。それよりも、クロノから連絡は入りませんでしたか」

伊都美に目を向けた。冴子は合間を見てクロノの顔認識システムにあらたなデータを加えていた。主だった現場の防犯カメラのデータに、記憶させた人物は映っていないか。それらの人物同士が会っていないか。確認作業をさせている。

慢性的に人手が足りない追跡班は、猫の手ならぬ、ＡＩの手を借りなければ成り立たなかった。

「気にしていたのですが、連絡は入りませんでした。墨田区は一カ所、大田区は三カ所ですから、時間がかかっているのではないでしょうか」

「春菜からの連絡はありましたか」

別行動を取ることが多い春菜は、話に出た墨田区の町工場を再訪しているはずだ。自死した工場主の身内に、山本富男や野口某の写真を見せるように告げていた。

「ありました」

伊都美は答えた。

「自死した工場主の奥様が、山本富男に見憶えがあると言ったそうです。その後、詐欺に遭ったのは夫ではなく、自分だと泣きながら訴えたとか。金取引の話を持ちかけられて、百万円、失ってしまったようです。喜多川巡査は所轄を呼んだとのことでした」

表情や声が、暗く沈んだ。支払いに充てる予定だった百万円ではないのだろうか。暮らしが少しでも楽になると思って、金を出したのではないだろうか。その結果、夫は遺書を残して自死した。

「なんだか、いやな感じがするんだ」

不吉な予感が消えなかった。

「山本富男を早く逮捕しないと。やたらに胸がザワつくんだよね」

「まだ、夜が明けたばかりだよ、冴子。気持ちが急くのはわかるけどさ。伊都美ちゃんを見習って、少しまったりした方がいいよ」

「今のそれは、褒め言葉ですか」

切り返されて、千紘はすぐに同意する。

「もちろん褒め言葉だよ。言ったじゃない。伊都美ちゃんは、癒し系なんだって」

「聞いた憶えはありませんが」

「本郷警視に一本。確かに本郷警視の前で今の話はしませんでした。三人のときに出た話です」

冴子は言った。軽妙なやりとりを聞きながら、頭を整理している。

闇カジノのオーナー・山本富男は、冴子が〈赤尾機械〉の事務員に化けていたことに気づいていないだろうか。彼が本名で〈赤尾機械〉に出向いたのは、捕まる覚悟を決めているからなのか。

コン・ゲーム二戦目の始まりだった。

2

週末の夜。

追跡班の四人は、マンションの最上階で開かれる闇カジノに潜入した。冴子と千紘は前回どおりのセレブ母娘、春菜はマニッシュな三十前後の自立した女性、伊都美は童顔を活かして二十歳前後の女子大生に化けていた。

「自信がありません。わたくしは、三十八歳です。女子大生は、さすがに無理なのではありませんか」

と、はじめは躊躇っていたが、年齢の割に美しい肌や、自然な感じに若さを強調したメイクを施された後は、驚きと喜びの表情になった。

「すごいです、女子大生です」

部署の姿見の前に立ち、長い間、見入っていた姿が目に焼きついている。いきなり自信が湧きあがりはしなかっただろうが、女子大生を演じることに、消極的ながらも取り組む姿勢を見せた――。


「おいでいただきまして、ありがとうございます。再訪は面白かったという証でしょうか。今宵も存分に、お楽しみください」

一度目のとき同様、山本富男は黒服姿で出迎えた。表情に変化はないが、追跡班は〈赤尾機械〉を訪問したときの老練な営業マンの姿を見ている。彼が冴子の変装に気づいていたとしても、言動には表さないだろう。

「よろしくお願いします。娘とも話したのですが、なんだかやみつきになりそうで、ちょっと恐いですわ」

冴子はにこやかに答えた。四人とも胸に隠しマイクを着けている。冴子だけは耳に携帯のイヤホンを模した無線機のワイヤレスイヤホンと、大きめのバッグに隠しカメラを仕込んでいた。同じ階の空き部屋に待機している仲村課長たちが、まずは逮捕状を取った人物の確認作業をする段取りになっていた。

「上手に遊んでいらっしゃったじゃないですか。二度目ですからね。緊張感もやわらいで、稼げますよ」

案内は自分の役目と決めているのか、山本は先に立って歩き始める。週末だからかもしれない。ルーレット台のまわりには、すでに十人程度が集っている。伊都美が加わっていたものの、むろん他人のふりをした。

（本当にすごいね。三十八歳の警視が、見事に女子大生だよ）

公の場で見ると、千紘の職人技をあらためて実感せずにいられなかった。眼鏡を外してコンタクトを使っているためかもしれないが、伊都美が美人なのを再確認していた。客たちの中でも、その初々しさで一際（ひときわ）目を引いている。世間ずれしていない独特の雰囲気は、育ちの良さのお陰だろう。

すでに勝ち始めているらしく、チップが山積みされている。互いに目を合わせることはなく、冴子は会場内を移動して行った。

四部屋に設置されたポーカー台は、ひと組か二組の客で埋まっている。そのうちのひと部屋では、春菜がゲームをしていた。

「盛況ですね。週末はこんな感じなんですか」

冴子の質問に頷いた。

「だいたい、これぐらいですね。ゴールデンウィークや正月休み、連休のときはだめですが、ふだんの週末はけっこう賑わいますよ」

「ママ。わたし、今日はここでポーカーをするわ」

千紘が南に面した右側のポーカー室の前で立ち止まる。それぞれ別の部屋に行くことを打ち合わせていた。

「わかったわ。あなたは夢中になるとまわりが見えなくなるから、熱くなりすぎないようにね。わたしはあちらで遊びます」

冴子は答えて、北に面したひと部屋に足を向けた。山本は上客と思っているに違いない。あるいは冴子の変装に気づいているのだろうか。ぴったり張りついていた。

「どうぞ。奥様」

目的の部屋に入ると、ポーカー台の前に置かれた椅子を引いた。

「ありがとうございます」

冴子は先にやっていた若いカップルに会釈して腰をおろした。男の方は特殊詐欺の受け子として、追跡班の被疑者名簿に挙がっている。山本の仲間かどうかはわからないが、半グレのひとりであるのは確かだった。

（山本とこいつは、あたしが確保だな）

冷静に考えていた。

「二、三回、様子を見ます。生意気かもしれませんが、ゲームの流れを知りたいので」

「プロのお言葉ですな。思うままに、お遊びください」

山本は言い、扉の近くに移る。見張り役だろうか。もしや冴子と田中まり子が同一人物であることに気づいているのか。ともすれば湧きあがってくる不安を無理に抑え込み、ディーラーがカップルに配るトランプを注視した。

（イカサマだ）

慣れている冴子は、すぐにトランプの仕掛けを見抜いた。カードの裏面に点で丸を形作った小さな模様が描かれており、丸の中にもT字の点が描かれている。円形を形成している点の一部が欠けている詐欺師御用達のカードだった。

右角上の丸の一部が欠けているのは、ハート。左角上が欠けているのは、スペード。右角下はクラブ、左角下はダイヤというカードの種類を示していた。数字に関しては右角上のハートだった場合、円が欠けている位置によってわかる仕掛けだ。

さらにクィーンやキングといった絵札は、四隅と端をよけた部分のどこかの円が、欠けているはずだ。これらを憶え込み、ゲームのときには逆の位置から読み取らなければならない。そこそこの訓練と目の良さが必要なのは言うまでもなかった。

（一度目のときは、このイカサマカードを操れるディーラーがいなかったわけか）

冴子はそう判断した。仲村課長が言っていたように、山本富男は病気の孫を含む家族のために一世一代の大博奕に出ているのかもしれない。捕まれば死ぬまで刑務所暮らしだが、おそらく苦労させたであろう家族に、まとまった金を残そうとしていることは充分、考えられた。

「お飲み物はいかがですか」

山本がワゴンを運んで来た。

「お酒はだめなので、ウーロン茶をお願いします」

「わかりました」

部屋に置かれていたもうひとつのワゴンを、冴子の傍らに持って来て、ウーロン茶を取りやすい位置に置いた。

「そろそろ始めますか」

「はい」

冴子は、背筋を伸ばしてディーラーに頷き返した。ポーカーに関しては勝たなくてもいいので、さほど緊張はしていないが、リラックスしすぎると肝心なとき、役に立たなくなる。イヤホンから仲村の声が流れて来るかもしれないと思い、耳だけに意識を集中していた。

「だいたいメンバーが揃ったようだな。うちも、そろそろ始めますか」

不意に仲村の声が、イヤホンから流れた。つい今し方、山本が言った言葉を冗談まじりに告げていた。これによって、隠しマイクや隠しカメラが、正常に作動していることがわかる。

（そうですね）

冴子は胸元に隠したカメラを二度、叩いた。だめなときは一度、オーケーのときは二度と決めていた。冴子が加わった最初のポーカーゲームは、若いカップルの男性が勝利する。日給をいくらもらっているのか知らないが、前科の数を増やすだけのアルバイトは効率が悪すぎるのではないだろうか。

「突入時にもう一度、連絡する」

仲村の言葉に、二度の打音で答えた。

「なんでしょう。騒がしいようですが」

冴子はラウンジの方に目を走らせる。一度目のとき同様、なんとなく騒がしくなっていた。イカサマカードを見破っても、今日は勝つなと千紘と春菜には言い含めておいたのだが……。

「勝ち続けているお客様が、おいでになるようです」

「ルーレットですか」

不安を覚えつつ訊いた。

「はい。先日の娘さんを髣髴（ほうふつ）とさせる展開になっています。女子大生ぐらいの若い女性が、立て続けに勝っていらっしゃるんですよ。初めてのお客様ですが、台にチップが山積みされています」

女子大生とチップが山積みで、ぴんときた。

（本郷警視か）

苦笑いを浮かべた。素人が大勝ちすることは稀にある。ルーレット台の細工やディーラーのイカサマなどは見破れないのに、無心の境地で勝利するのかもしれないが、目立ちすぎるのはマイナスだった。

「奥様も挑戦されては、いかがですか」

山本がルーレットに誘いかけた。

「いえ、わたしは苦手なんです。遊びで賭けたことがあるのですが、赤と黒を決めるだけでも大変でした。ましてや、数字を選ぶとなれば、決めるのに時間がかかってしまいます。ポーカーが合っていますわ」

配られた札を見て、わざと曖昧な表情を作る。キングが二枚のワンペアだったが、伊都美の勝ちっぷりが気になることから、耳に意識を向けていた。

「こんなときに」

山本が舌打ちして、「ちょっと失礼」と冴子から離れて行った。部屋を出ながら携帯を受けて、ラウンジのルーレット台に目を向けている。向けている先にいるのは、もしや、伊都美ではないのか。

3

冴子はいやな胸騒ぎを覚えた。

(潜入捜査の密告か?)

まさかと思いながらも、手話の動作をした二人の被疑者が浮かんでいる。「よろしく」の手話だったとした場合、だれに向けられたものだったのか。警視庁の中に詐欺グループの内通者がいるのではないか。金に目がくらんだ警察官が、情報を流しているのではないだろうか。

(本郷警視を追い出すついでに、追跡班を潰す考えかもしれない)

警察庁と警視庁の幹部クラスには、冴子たちを面白く思っていない人物たちがいる。潰すにはトップを狙えとばかりに、女子大生にしか見えない若い女は、本郷伊都美であると内通者が密告したのではないか。

「少し休みます」

言い置いて、冴子は立ち上がった。バッグを持ち、部屋から出る。まだ電話中の山本の横を、さりげなく通り過ぎた。

「とても、そうは見えないが」

山本の小さな声が、耳に飛び込んできた。目は相変わらずルーレット台に向けられたままであり、伊都美を注視しているように思えた。冴子はゲームの様子がよく見えるバーへ行き、飲み物を注文する。

(すごいな。チップの山だ)

ルーレット台の一部に、チップが積み重ねられていた。几帳面な性格を示すように、きちんと二十枚ずつ並んでいるのが伊都美らしいと言うべきか。十枚では場所が足りなくなって、二十枚重ねにしたのではないだろうか。赤と黒の二者択一で賭けているらしく、ほとんど負け知らずのようだった。

いつの間にか、千紘と春菜も見物客に加わっていた。

(本郷警視が警察官だとわかったら)

冴子は冷や汗が滲んできた。山本が撤退命令を出せば、詐欺師グループはいち早く逃げ出すだろう。仲村課長に連絡すべきか、今少し待つべきか。

「さあ、そちらのお嬢さん。次はどちらに賭けますか」

ルーレット台のディーラーの男が訊いた。賭けに加わっている男女の目が、いっせいに伊都美に向けられた。

「全部のチップを赤に」

こともなげに言い、一部のチップを少しだけ前に押し出した。あまりにも数が多いため、すべてを動かせなかったに違いない。一緒に遊んでいた者や見物にまわっていた者がどよめいた。警視は忘れているのかもしれないが、ここは闇カジノである。チップを換金したら、かなりの金額になるのは間違いなかった。

不安を覚えたのだろう、

「全部、賭けるんですか」

ディーラーの男は確かめるように訊いた。

「はい。全部です」

伊都美の答えに躊躇いはない。

「わかりました。では」

男は空咳をして、大きく深呼吸する。このままではオーナーに大損をさせるのはあきらかだ。イカサマをやるなら今しかない。ルーレットをまわす手に、ほんの少し力が入ったように見えた。

「突入する」

仲村からの無線連絡と同時に、男はルーレットをまわした。

「スタート！」

一瞬、冴子はオーケーの合図を送るのを逡巡したが、すぐさまオーケーと二打音を返した。怪しんだ山本が、仲間や客を逃がす前に捕まえなければならない。

まわる、まわる、ルーレットがまわる。人の運命を弄(もてあそ)ぶように、カラカラと音がしていたが……玉が止まった。

「あ、赤の2！」

ディーラーの男が告げた瞬間、伊都美は腰がくだけるように座り込んだ。二度目のどよめきの後、近くにいた春菜が駆け寄った。また、腰をぬかしたのだろうが、そんな警視はいないと思ったのかもしれない。

山本は苦笑しながら電話を終わらせた。ぎりぎりで突入前に結果が出たものの、玄関先では大声がひびいている。

「なんですか」

「警察だ」

「ちょ、ちょっと待ってください。今、オーナーを……」

「退(ど)け」

あとは一気になだれ込んで来た。冴子は山本のそばへ行き、思いきり強く彼の腕を握り締める。

「恐い」

逃がしてはなるまいと力を込めていた。が、山本は穏やかな笑みを浮かべて、冴子の手を軽く叩いた。

「大丈夫です。奥さんたちは、ただの客ですから。ここで遊んだという話を訊かれるだけですよ」

落ち着き払っているように見えた。山本の周囲だけは、奇妙な静けさが漂っているように思えた。老いた詐欺師は覚悟を決めていたのかもしれないが、従業員や客は慌てふためいている。

「逃げろ！」

「警察だってよ」

「話が違う」

右往左往しながら、とっさにベランダへ逃げた者もいた。春菜は伊都美を庇い、千紘は被疑者名簿に載っていた若い男にしがみついていた。冴子と同じように怯えるふりをして、逃がすまいとしているのだろう。

（削除しようとしている？）

山本が携帯を操作し始めていた。冴子は押されたように見せかけて、いきおいよく山本に身体をぶつける。軽く右手首を握り締めると、携帯が手から離れて落ちた。握れば手を開かざるをえない急所を摑んだのである。転んだふりをして携帯を拾い、素早くバッグに入れた。

「すみません。押されて」

「いや、大丈夫ですか」

山本は手を差しのべながら目を走らせている。いくら探しても見つけられるはずはないのだが、怒号が飛び交う中、必死だった。

「山本富男だな」

仲村がそばに来る。

「え、あ、はい。そうです」

「警視庁捜査2課だ。闇カジノの経営者は、おまえか」

「はい」

顔をあげて堂々と答えた。なくなった携帯のことも、それはそれで都合がいいと頭を切り替えたのではないだろうか。仲間のだれかが拾ってくれたと思い、折り合いをつけたのかもしれなかった。

「賭博場開帳等図利罪で逮捕する」

仲村は逮捕時間を告げて、部下が手錠を掛ける。若い男女の何人かは、警察官相手に無駄な抵抗をしていた。冴子たちは任意同行される形を取って、仲村の二人の部下とマンションの通路に出た。

「山本富男の携帯です」

エレベーターホールで、仲村の部下たちに携帯を渡した。

「留置場での様子に、気をつけてください。逮捕は覚悟していたようですが、なんとなく気になるんです」

「わかりました」

仲村の部下は、通路に出て来た山本富男を見やった。この世の名残に目をとめようとするかのように、山本は下界に視線を向けている。駅周辺の明かりが、きらびやかなイルミネーションのようだった。

エレベーターに乗る間際、山本は冴子たちに小さく会釈する。取り乱すことはなく、冷静すぎるほどの落ち着き方だった。エレベーターが閉まる直前に、口もとが笑みを形作ったように思えたが……。

（なんだろう。笑ったのだとしたら、なぜ？）

冴子の胸は、相変わらず、ザワついている。山本富男の静かな、あの空気が引っかかっていた。さらに笑いかけたということは、冴子の正体に気づいていたのだろうか。気づいていたなら、どうして、逃げなかったのか。

「年貢の納め時だと思ったのかな。山本のやつ、不気味なぐらい、おとなしかったね」

遅れて来た千紘が、同じ感想を口にする。春菜も伊都美に手を貸して、二人の方へ近づいて来た。

「伊都美ちゃん、すごかったね。あんなに勝った人、見たことないよ」

千紘の言葉に、警視は頰を染めた。

「頭に赤い革のスニーカーが浮かんだときは、赤に賭けてみたんです。ほしいと思っていたので浮かんだのでしょうか。そうしたら、面白いように当たってしまいました。もちろん何回かは負けたんですが……わたくし自身も驚きました」

「その無心の境地が、よかったんだろうね」

緊迫した現場なのに、和気藹々（わきあいあい）の感じになっている。が、手錠を掛けられて連行される被疑者が、次々にエレベーターで階下に降りて行った。これで終わりなら万々歳だが、おそらく『天下人』という噂の主、半グレの首領（ボス）は、山本富男ではないだろう。

「さあ、次こそが本命か」

冴子の呟きを、千紘が継いだ。

「クロノが寝ないで見つけたやつ」

それを伊都美が怪訝そうに受ける。

「え？　やはり、クロノは眠るのですか」

「冗談」

春菜が締めて、追跡班は未明の捕り物劇にそなえる。

念入りに準備された暗黒街の劇場（ビッグ・ストア）は、オーナーの逮捕によって幕を閉じた。しかし、冴子の胸には、違和感だけが残っている。冴子たちに向けた山本富男の謎めいた笑みが、脳裏に深くやきついていた。

4

翌日の未明。

大田区の一角は、夜が明けきらぬうちから、物々しい状態になっている。私服警官や制服警官が一軒の家を取り囲んでいたが、幸いにも人通りが少ないため、気づく者はほとんどいないようだった。闇にまぎれて、さりげなく監視作業を続けていた。

神谷彬の自宅である。

その家は、屋敷と呼ぶに相応しい数寄屋造りの平屋で、敷地は軽く二百坪を超えるだろう。平屋でありながら建坪は五十坪と調査でわかっていた。表門は昔の武家屋敷のような造りで、裏門は堅固な要塞のごとく、半地下の車庫にシャッターが降りている。

敷地に沿って植えられた竹の生け垣は、むろん偽物の竹ではないが、高さを持つブロック塀よりも乗り越えやすくなっていた。逃げやすいと言えるかもしれなかった。

「追跡班、動きます。よろしいですか」

冴子は無線で告げた。表門に冴子と千紘、裏門に伊都美と春菜が先兵役として控えている。仲村課長率いる本庁の捜査2課と所轄は、二カ所の出入り口を中心にして、生け垣沿いに配されていた。全員が防弾チョッキ、もしくは防刃チョッキを着け、追跡班は腰に特殊警棒を携えていた。

「了解。武器を持っているかもしれないからな。充分、注意をするように」

仲村は彼なりに案じているようだった。もっとも冴子が提出した追跡班の推測に対しては、半信半疑という感じなのだが、それだけに先兵役を務めてくれるのは助かるのかもしれない。容疑者がシロとなった場合は、追跡班が責任を取ればいいと思っているのではないだろうか。ここまでは、かなり協力的だった。

「わかりました」

答えて、冴子は武家屋敷ふうの表門の引き戸を開けた。後ろに千紘を従えて、敷地内の西側に足を向ける。二人の後ろには、仲村の部下や所轄の警察官がついていた。

西側の一角には、離れのような小さな平屋が建てられている。広さは2DKで風呂、トイレ付き、母屋からは敷石が続いており、母屋と離れの間もまた、竹の生け垣で仕切られている。春には梅や桜、夏には紫陽花(あじさい)や百日紅(さるすべり)、秋には紅葉(もみじ)というように、緑豊かな庭の景色をここからも楽しめるだろう。

贅沢な離れに思えた。

「本郷です。喜多川巡査と離れの裏口に待機しています」

伊都美から無線連絡が入る。冴子が仲村に告げた時点で、二人は動いていた。打ち合わせどおりだった。

「了解」

囁き声になるのはいなめない。昨夜から所轄が監視役を務めているため、間違いなく離れにいるはずだが、冴子の胸には消えない不安があった。

（頑丈そうな扉）

簡単に壊すのは無理なのを頭の隅にとめる。一度、深呼吸した後、離れのインターフォンを押した。

数秒、間が空いた。

「はい」

男が答えた。

「警視庁捜査2課特殊詐欺追跡班です。ちょっとお話を伺いたいのですが、出て来ていただけますか」

女の声だと安心する相手が多い。

「なんですか」

すぐに扉が開いた。パジャマ代わりなのかもしれない。ジャージの上下姿だったが、寝惚け顔ではなかった。

「安藤良照さんですね」

冴子は警察バッジを掲げて念のために問いかける。屋敷の主、神谷彬の運転手・安藤良照は、昨夜、逮捕されたばかりの山本富男に二回、会っていたことが防犯カメラのデータで確認された。クロノのお手柄なのだが、墨田区の町工場近くで千紘の制服警官姿を見たとたん、逃げたこと自体が怪しかった。

「はい」

安藤は答えながら目が忙しく動いている。冴子たちの後ろに立つ男性警察官の多さに、驚いているように思えた。五十一歳にしては若く見えるのだが、若いというよりは幼いのかもしれない。オドオドするその姿は、おとなしくて気が小さく、どこにでもいる目立たない男という印象を受ける。

が、はたして、これが彼の真実なのだろうか。裏の顔はないのだろうか。

「ここではなんですから、署でお話を伺えませんか」

冴子の申し出に、大きく目をみひらいた。

「よ、容疑はなんですか。駐車違反の件でしたら……」

「駐車違反の件ではありません。昨夜、賭博開帳罪で逮捕された男とあなたが、会っていたことが判明しました。念のためにお話を伺いたいと思い、足を運んだ次第です」

覆い被せるように言い、携帯で写真を見せた。表向きは酒店を営んでいた山本の家を、安藤は二度、訪ねていた。ただの知り合いとしらを切ることも考えられたが、家宅捜索すれば、なにか証拠が挙がるかもしれない。

「だれ、ですか」

安藤は目を細めて携帯を注視する。

「山本富男です。ご存じですよね」

「あ、ああ、山本さんですか。はい、知っています。確かに二回ほど飲みに行ったことがあります。でも、それだけの関係ですよ。山本さんは酒店の経営者なので、珍しい酒が手に入ると連絡をくれるんです。誘われたので飲みに行きました」

両手を広げて扉の内側を握りしめ、中を覗かせまいとしているように感じられた。家の中に入られては困るという様子が見て取れた。

「署までご同行願えませんか」

冴子はもう一度、言った。じりじりと男性警察官たちが、背後に迫っている。逃げられないと悟ったのか、

「わかりました。着替えるので少しだけ時間をください」

扉を閉めようとしたが、いち早く若い男性警察官が押さえた。冴子を押しのけるようにして前に出る。

「自分がそばについています。ついでに薬物反応の検査、尿検査をするように上から言われました。トイレの扉を開けたまま……うわっ」

いきなり安藤は若い男性警察官を突き飛ばした。いきおいよく扉を閉め、素早く鍵を掛ける。扉の造りを見たときすでに、壊すのは時間がかかると思ったが、冴子は無駄と思いつつ扉を開けようとした。

「ここを開けなさい、安藤良照。公務執行妨害になりますよ」

呼びかけに無線の声が重なる。

「裏口から安藤が飛び出して来ました。ナイフか包丁で刺されて、男性警察官のひとりが負傷。わたしは後を追いかけます」

春菜が無線連絡して来た。

「被疑者逃亡。緊急配備と救急車の手配をお願いします！」

冴子は仲村に連絡して、千紘とともに表門へ向かったが、警察官が多すぎて思うように動けない。どうにか神谷家の表門を出ると、警察官が同じ方向に走っていた。

「春菜。被疑者が逃げた方角は？」

念のために確かめる。

「東です」

「わたしたちも追いかけます」

　周囲の道は頭に入っている。待ち伏せしたいが、どのあたりを逃げているのか。携帯を操作していた千紘が、春菜の携帯に仕込まれたGPS機能を使い、待ち伏せ先を教えてくれる。

「今、このへんだね」

「春菜。わたしたちは先まわりするから」

「了解」

　遠くからサイレンの音がひびいてきた。救急車ではないだろうか。刺された男性警察官の容態を確認する暇もなく、冴子は千紘と安藤の追跡を開始している。しらじらと夜が明け始めた町には、怒号や無線連絡の叫び声がひびきわたっていた。

「千紘。今朝のカードはなんだった？」

　こんなときにと思うのだが、気になった。

「占うの、忘れた」

「正直に言いな」

「もう！　十三番死神、意味は誕生。終わりと始まりのカードだよ。あ、その先を左だからね」

　千紘の指示と春菜の無線連絡が、ほぼ同時だった。

「安藤良照が本郷警視を人質に取りました」

「なんだって!?」

冴子は、急いで千紘と春菜がいる場所に向かった。左に曲がって、もう一度、左に曲がる。その道で繰り広げられていたのは……。

「近づくな。近づけば、こいつを殺す！」

安藤がブロック塀を背にして、伊都美にサバイバルナイフを突きつけていた。春菜は駆けつけた仲村と説得をするつもりなのだろう。冴子と千紘は、警察官の人垣を押しのけつつ、無理やり前に出た。

後ろから羽交い締めするような形で、安藤はサバイバルナイフを伊都美の喉に突きつけている。警視は、顔面蒼白だった。つい今し方、警察官を刺したナイフに違いない。刃だけでなく安藤の手にも血が付いていた。伊都美も防刃チョッキをつけているが、喉や頭は無防備だ。刺されれば命を落としかねない。

「落ち着け、安藤」

仲村が言った。

「早まるんじゃない。任意同行に応じてほしいだけだ。人質を取るなんて、馬鹿げた話じゃないか、ええ、落ち着けよ」

呼びかけてはいるが、どう動いたらいいのか、わからないのかもしれない。次の一手が出なかった。

「仲村課長」

冴子は仲村の後ろに立ち、囁いた。

「わたしたちが助けます。わたしたちの上司ですから」

「いや、しかし」

逡巡していたが、なかば強引に前へ出た。

「わたしが人質になります。本郷巡査は解放してください」

わざと下の階級であると偽りを告げた。伊都美が警視とわかれば、安藤は解放しないかもしれない。

嘘か真実か。

ここでもコン・ゲームが始まっていた。

「いかがですか。本郷巡査は真っ青で体調が悪そうです。車を用意させて、緊急配備を解除してもらいます」

仕草で合図を送り、春菜を隣に呼んだ。千紘は二人の後ろに立って、逆三角形のフォーメーションを取る。緊急時の対応を常に訓練していた。

「お、おれは、なにもしていない。山本さんとは会ったが、い、一緒に酒を飲んだだけだ。本当にそれだけなんだ」

額に脂汗が滲んでいた。平凡で気の弱い男に見えるが、山本富男の例がある。裏にどんな顔を隠しているのか。もしや、安藤良照こそが、『ハンドルネーム、天下人』ではないのか。

「わかっています。警察としては、山本富男とどんな話をしたのか、訊きたいだけなんです。先程、申しあげたとおり、山本富男は賭博開帳罪で逮捕されました。前後の状況などを教えていただきたいと思いまして」

冴子は気づかれないように、腰に装着していた特殊警棒のフックを外した。左隣の春菜も同じ動きをしたのがわかる。三人は右手でも左手でも自由に使えるように、これまた訓練していた。後ろに控えている千紘も、おそらく二人の動きを察知しているはずだ。三人のタイミングが合わなければ、伊都美はどうなるか。

一瞬の勝負。

(行くよ)

心の中で呼びかけるや、冴子は特殊警棒を安藤に突き出した。左隣の春菜は特殊警棒を左手に持ち、まったく同じ動きで攻めに出る。

「あ、う」

安藤が迷って棒立ちになった刹那、冴子と春菜は特殊警棒の先を外して、それぞれ横に退いた。春菜は伊都美を抱きかかえるのを忘れない。がらあきになった安藤の喉を、後ろに控えていた千紘が突いた。

「ぐぇぇっ」

呻き声をあげ、安藤はのけぞった。すかさず冴子は飛びかかる。サバイバルナイフを持つ右手首を握り締め、地面に押し倒した。落ちたサバイバルナイフは、千紘が足で押さえつけて拾いあげる。

「犯人確保」

サバイバルナイフを片手に得意そうな笑みを向けた。

「みな、みなさん、無事、ですか」

伊都美はその場に座り込んでいる。

「はい！」

三人の声が、きれいに揃った。仲村は安堵したような表情で携帯を受けている。彼の部下に安藤良照を引き渡した冴子は、目顔で呼ばれた。

「山本富男が留置場で自死した」

「………」

まさか、いや、やはり、だろうか。不吉な胸のざわめきは、これを知らせていたのだと思った。

5

山本富男は、引き裂いたタオルを繋ぎ合わせ、それを自分の首に巻いて、曲げた右足首に繋いだ。思いきり右足を伸ばせば首が絞まる。同房者が異変に気づいたのは、すでに事切れた後だった。

追跡班には知らされていなかったが、前日の取り調べで山本は、一連の詐欺事件について自白したらしい。

「『ハンドルネーム、天下人』は、わたしです。半グレをまとめれば、一大組織になると思いました。強盗傷害事件、原野商法二次詐欺事件、手話詐欺事件といった詐欺事件は、すべてわたしが命じたものです」

と、自白したうえで自死した。公務執行妨害で逮捕された安藤良照の家は、一部屋に何台ものパソコンが設置されていた。十台ほどの携帯も押収されており、確認作業に取りかかっているが、安藤は否認するばかりだ。

「わたしは知りません。『ハンドルネーム、天下人』とは、だれのことですか。部屋に置いたパソコンは、山本富男さんが使っていたんです。家には置き場所がないので置かせてくれと言われて……はい。月々、十万円、もらっていました」

追跡班は、安藤良照こそが天下人であり、山本富男に身代わりの話を持ちかけたのではないかと考えている。十万円の振り込みは確かに残されていたが、あまりにもきちんと証拠が残っていたことに、疑惑が湧いた。

〝おれの身代わりになってくれれば、家族が困らないだけの金をやるよ。あんたは死ぬまで刑務所暮らしになるが、老い先短い人生だ。最後にひと花、ぱぁっと咲かせるというのはどうかな?〟

と、安藤が言ったかどうかはわからない。しかし、山本富男は『天下人』として、死んだ。警察はそれ以上、追いかけようがなかった。

「山本富男が、自死するとは思っていなかった?」

冴子は訊いた。取調室で安藤良照の事情聴取を行っていた。大金を渡す条件として、山本富男に自死をほのめかした可能性はある。が、すべては推測にすぎない話だ。

「はい。吃驚しました」

安藤は相変わらず怯えたような、自信のない言動を見せていた。窺うような上目遣い、オドオドした態度、口ごもりながら話す内容は、事件にはいっさい関係ないという繰り返しだった。

(安藤が山本に会ったとき、二度とも重そうなリュックを背負っていた)

防犯カメラの映像を思い出していた。中には札束が、ぎっしり詰まっていたのではないか。命を懸けた名前貸しに、いったい、いくら支払われたのか。

「山本富男は、どうやってパソコンを使っていたのでしょうか」

試しに専門的な問いを投げてみる。

「遠隔操作、でしたか。山本さんは、自宅に置いた一台のパソコンで、わたしの部屋に設置されたパソコンを操っていました。そんなことができるのかと、初めて知ったんです。でも、わたしはパソコンには興味がないので、置かれた部屋には入らないようにしていました。壊したら、十万円、もらえなくなりますから」

これまた、山本富男の自宅に残されたパソコンに、安藤の部屋のパソコンにアクセスした証拠が残っていた。まだすべてを調べたわけではないが、山本富男犯人説が日々、有力になっている。

追跡班は山本と安藤が二度、会ったときに約束の金を受け渡すと同時に、偽装作業をしたのではないかとも思っていた。もしかしたら、会ったのは二度だけではなく、かなり前から密会していたことも考えられるが、防犯カメラのデータは、古いものは消去されてしまい、映像は残っていなかった。

「山本富男がなにをしているのか、不安はなかったのですか」

「株の取引をやっているんだと聞きました。何度も言いましたが、わたしはパソコンを扱えません。調べようがなかったし、なにをしているのかという興味もなかった。ただひとつ、無断で部屋を又貸しする形になったことに関しては、神谷社長に申し訳なく思っています。よくしていただいたのに」

うつむいて、唇を噛みしめた。きわめて怪しいが、安藤良照が真犯人という証拠は提示できない。なにもかも山本富男の自白で霧の中に消えた。『ハンドルネーム、天下人』は、ネット上では死んだことになっている――。

「まさか、運転手の安藤さんが、一連の詐欺事件に関係していたとは」

雇い主の神谷彬は、大きなショックを受けたようだった。冴子たちは追跡班の見解を述べた。

「我々は、あなたがたが、大田区を舞台にして、詐欺師グループにビッグ・ストアを仕掛けたのではないかと考えています」

「………」

神谷は沈黙を返した。

大田区を舞台にした大掛かりなビッグ・ストア。

共通点として七十二歳という年齢が挙げられるだろう。神谷彬、農業機械メーカーの社長・赤尾重勝、『スーツケース殺人事件』で被疑者となった内山貴夫、そして、自死した墨田区の町工場の経営者・小出秀幸。

「あなたがたは、自死した町工場の経営者、小出秀幸さんの仇を討とうと考えた。それには詐欺師を引っかける場が必要だと思い、かれらを誘き寄せるために、わざと詐欺話に乗るふりをした。違いますか」

　赤尾社長のもとを訪れた野口某と米国人ふうの男は、神谷の自宅も訪れていた。自死した小出秀幸の妻は、山本富男に見憶えがあると証言した。野口某と米国人ふうの男も取り調べているが、下っ端の半グレだと自ら告げるばかり。かれらが動きにくくなったときは、予備軍として山本富男が出張ったのではないだろうか。

「いかがでしょう。もしかしたら、神谷さんが、追跡班に密告メールを送ったのではありませんか。これは赤尾重勝さんの可能性もあると思いますが」

「わたしです」

　神谷は答えた。覚悟を決めたような目を向けた。

「赤尾も『ビッグ・ストア』を仕掛ける件は知っていますが、彼は特になにかしてはいません。強いて言うなら知っていたのに通報しなかった。さらに詐欺師を厚遇して、息子の専務たちの反撥を招いた。それらが罪になるのであれば、あいつも覚悟を決めていると思います」

　内山貴士の遺体は、彼が働いていた会社に宅配便で送りつけられた。送り主の部屋は神谷が所持する集合住宅のひとつだったことから、冴子は七十二歳共犯者説を推測ではなく、確信した。

「内山貴士の亡骸が入ったスーツケースの、送り主はだれですか」

「闇サイトで募集した若い男です。五万、出すと言ったら大喜びで引き受けました。どこの、だれなのかは、わかりません」

「内山貴士の遺体をスーツケースに詰めて、働いていた会社に送ればいいという助言をしたのは？」

「それも、わたしです」

　神谷は顔をあげて、答えた。

「池袋や栃木の会社は、詐欺師グループが営んでいるのだと、警察に知らしめる意味がありました。まさか、貴士君があんなことになるとは……思いませんでしたが」

　膝の上で拳を握り締める。無念という表情だった。

「亡くなった内山貴士を、ご存じだったのですね」

「もちろんです。たまに内山と、貴士君の祖父ですが、彼と飲んだときに写真を見せてもらいました。当初は工場を手伝っていたんですよ。それが茶髪になり、耳にピアスをするようになり、だんだん派手になって」

　スーツケースに遺体を詰めて送りつける助言をしたことや、そのための場所を提供した件は罪に問われる。赤尾重勝も関わりがあるような気はするものの、神谷は『スーツケース殺人事件』は自分の責任だと貫きとおすのではないだろうか。

「亡き友の弔い合戦のつもりでした」

小さな声だったが、一語一語、はっきりと告げた。

「騙される方が悪いんだと詐欺師は言います。ですが、コツコツと貯めた金をですよ。うまい具合に釣りあげて奪い取る。そんなこと、許せますか」

振り絞るように言い、続けた。

「自死しないまでも廃業に追い込まれた町工場は他にもあります。すべてではありませんが、何カ所かは詐欺師の甘言に乗った挙げ句という結果です。中小企業の台所は決して楽ではありません。運転資金を作るために、よかれと思って投資した結果なんです。たいせつな工場を手放すはめになってしまった」

膝を握り締める手に、いちだんと力が入ったように見えた。冴子は黙って聞いていた。吐き出したいだけ、吐き出してほしかった。

「内山貴夫に面会したんです。彼はこう言っていました」

そのときだけ、しっかり目を合わせた。

〝孫の貴士が直接、小出の件に関わったわけじゃない。でも、殺したも同然だ。そうだろう、詐欺師グループの一員なんだから。人の気も知らないで、得意げに自慢していたよ。札束で頬を叩かれた。もしかしたら、自死した小出から奪った金かもしれない。無性に腹が立った。気がついたら〟

首を絞めていた。

「わたしも同じです。まさか、安藤が、詐欺師グループに関わっているとは思わなかった。あの離れに暮らしながら、詐欺師に手を貸していたのかと思うと、やりきれません。わたしが手助けしたも同然だ。悪の本拠地を提供していたわけですから」

被害者が加害者に、加害者が被害者になる。他人事ではなく、自分事としてとらえられるか。

答えは……見えなかった。

6

早朝。

「信じられません。まさか、田中さんが、警察官だったとは」

潜入捜査をした〈赤尾機械〉の勝則専務は、心底、驚いたようだった。冴子は田中まり子の特殊メイクのまま、警察官であることを専務にだけ明かした。

「すみませんでした。詐欺師グループが、こちらの会社に出入りしているという情報を摑みましたので、潜入したんです。タイミングよく事務員を募集していましたから、まさに渡りに船という感じでした」

「今井君、もちろん息子の方ですが、がっかりすると思いますよ。田中さんに惹かれ始めていたようなので」

「それは残念。誠実で真面目な方でしたよね。ただ、わたしの方が年上です。きっといい人が見つかると思いますよ」

本当は冴子の方が年下なのだが、真実を告げる必要はなかった。

「神谷さんから、野菜工場の経営権を譲られたんです。うちは水質の改善剤を製品化したいと思っていますからね。まだしばらく赤字を覚悟していたんですが、野菜工場のお陰でプラスマイナスゼロになりそうです。水質改善剤を完成させて、環境ビジネスを実現化したいと考えているんですよ」

「応援しています。それでは、これで失礼します」

勝則専務に一礼して、事務室を出る。エレベーターが動くのを見て、階段を利用した。社員には会いたくないし、会う必要もない。急いで赤尾機械の建物を出る。

少し離れた場所に停まっていた面パトの後部座席に身体を滑り込ませた。運転席の春菜が、すぐにスタートさせる。

「田中まり子の任務終了」

冴子は、いきおいよくショートヘアのフルウイッグを取った。常に頭を締めつけられるような感じがして、外すと本当にすっきりする。隣に座っていた千紘が、すぐにメイク落としのクレンジングローションを手渡した。

「サンキュ」

「お疲れ様でした、片桐巡査長」

助手席の伊都美が、ルームミラー越しに労ってくれる。そばにいると落ち着くのか、彼女は膝にクロノの端末のチビクロをかかえている。千紘はメイク落とし用のコットンやティッシュを次々に手渡していた。

「ありがとうございます。ですが、今ひとつ納得できない結果になりました。山本富男は本当に『天下人』なのか。疑問が残ります」

「あたしは違うと思うな。冴子の考えどおり、怪しいのは安藤良照じゃないかと思う」

千紘の言葉を、冴子は継いだ。

「もしくは、他の人物なのか。安藤が言っていたように、遠隔操作すればパソコンを使えるからね。仲村課長は『おれは山本富男だと思うね。やつこそが、銀詐欺だったんだよ』なんて納得していたけれど」

「野口某と米国人ふうの男、こいつは日本語ペラペラのアメリカ人だと判明したけどさ。しょせん半グレってことかな。あたしは、あの二人も怪しいと思うけどな」

「みんな怪しい」

ぼそっと春菜が告げた。

「わたくしは、中西幸平と工藤雄次郎が、起訴されなかったことに驚きを覚えました。二人とも昨日、釈放されましたが」

伊都美の納得できない目に、冴子は頷き返した。

「わたしも同じ思いです。あの二人はこれで」

手話の「よろしく」を仕草で真似る。

「だれかに早く釈放しろよと、合図したように思えなくもありません。あくまでも仮説ですが、もしかすると『天下人』に通じている警視庁の内通者が、便宜をはかったことも考えられると思います」

「手話詐欺事件の三善雅也も、それで不起訴になったか」

運転席の春菜の呟きに、伊都美は目を丸くした。

「では、三善雅也のときすでに、『天下人』が動いていたかもしれないのですか」

「はい。ありうると思います。『天下人』の質問をしたとき、三善雅也は禁忌にふれたような顔をしましたからね。口外はご法度、助けてくれた恩人について喋ったときには、命を奪われるかもしれない。そんな感じでしたから」

冴子は特殊メイクを落として、ようやく地の自分に戻れたように感じている。ふだんの薄化粧を千紘が施してくれる間、気持ちを切り替えていた。

「もしかしたら」

春菜がまた、ぼそっと言った。

「強盗傷害事件の老婦人や、原野商法二次詐欺事件の山崎恵介も、神谷彬のアドバイスを受けていたんじゃないかな」

「そんなことはないと思います」

即座に否定した伊都美に反論する。

「わたしは考えられると思います。二件とも、非常にタイミングよくというか。追跡班に直接、メールをくれましたからね。神谷彬側の銀詐欺かもしれません。もちろん二人について神谷は絶対に言わないでしょうが」

「混乱してきます。なにが嘘で、なにが真実なのか。だれが犯人で、だれが味方なのか。気をつけないと、人間不信に陥りますね」

「大丈夫だよ、伊都美ちゃん。あたしたちがいるからさ」

千紘が言った。

「あたしたちは、伊都美ちゃんを裏切らないから。たとえ伊都美ちゃんが、あたしたちを裏切ったとしても……アイタッ」

冴子は額を突いて黙らせる。

「あんたは、ひと言どころか、二言も三言も多いんだよ。気にしないでください、本郷警視。まあ、他者を信じられなくなったときは、わたしたちを信じてほしいとは思いますけどね」

「もちろん信じます、いいえ、信じています。とても心強いと思っています。的確なアドバイスをいただけるのも、わたくしにとってはありがたいことだと」

うつむいているのは、履いているスニーカーを見ているためだろう。冴子は自然に笑みが浮かんだ。

「似合いますよ、赤い革のスニーカー。赤は本郷警視のラッキーカラーじゃないですか。ルーレットで一人勝ちしたのも、赤に賭けたお陰でしょう。なにより足の痛みが軽減されたのが、よかったと思います」

「ありがとうございます。そんなふうに心配してくださるのは……」

「通報が入りました」

伊都美の膝に載っていたクロノが突然、言った。

「葛飾区のスーパーで、『無料の健康チェックをしませんか』と持ちかけては、日用品などの安売りをしているようです。裏にどんな詐欺が隠れているのかは、現段階では不明。きわめて詐欺に近いものではないかという通報です」

「さあ、行くよ」

冴子は軽く自分の頰を叩いた。

「捕まえてやるよ。あたしたちが行くまで、待ってな、悪党」

伊都美が覆面パトカーの屋根に赤色灯を載せる。特サの女に真の休息はない。スピードを増した面パトは、軽やかに走り抜けて行った。

〈参考文献〉

「虐待された少年はなぜ、事件を起こしたのか」石井光太　平凡社新書
「セレンディピティー」R・M・ロバーツ　安藤喬志訳　化学同人
「騙す人　ダマされる人」取違孝昭　新潮文庫
「孤絶　家族内事件」読売新聞社会部　中央公論新社
「フェイクウェブ」高野聖玄　セキュリティ集団スプラウト　文春新書
「ここまで巧妙ならみんなだまされる！　悪質商法のすごい手口」独立行政法人国民生活センター監修　徳間書店
「なぜ倒産　社長の告白で迫る失敗学」帝国データバンク　東京商工リサーチ（日経トップリーダー編）日経ＢＰ
「上級国民　下級国民　やっぱり本当だった。みんな薄々気づいている『言ってはいけない』分断の正体」橘玲　小学館新書
「柳は緑　花は紅」久保田淳　小学館
「詐欺師入門　騙しの天才たち　その華麗なる手口」デヴィッド・W・モラー山本光伸訳　光文社
「占い師！　ココロの時代と光の影」露木まさひろ　社会思想社

「宜保愛子　霊能力の真相」ゆうむはじめ　データハウス
「なぜ倒産　こうするよりほかなかったのか」帝国データバンク　東京商工リサーチ・協力　日経トップリーダー　日経BP社・編　日経BP
「江川悦子の特殊メイクアップの世界　異次元の扉が開かれる!」江川悦子　主婦の友社
「事件記者の110番講座」三木賢治　毎日新聞社

あとがき

始まりました、特殊詐欺追跡班。通称、特サの女です。

嘘を騙らせるな、真実を語らせろ。という言葉をモットーに、詐欺師たちを文字通り追いかけて、捕まえます。捜査員は3＋1＋1といった感じですね。

リーダーの片桐冴子、ムードメーカーの小野千紘、そして、宝塚の男役のようにクールな喜多川春菜。三人だったチームに、新たな上司が来て、そこからまた騒動が……なのですが、詳細は読んでからのお楽しみということで。

今回のシリーズには、タロットカードが登場します。小野千紘が占いをするのですが、じつは私、去年の4月からタロットカード占いを習い始めました。二十二枚の大アルカナと五十六枚の小アルカナから成り立つカードで、師事しているのは、桜田ケイ先生です。

占いの世界、特にタロットでは珍しいイケメンの先生で、教え方が抜群に上手い。技を学びたいと思っていた私には、ぴったりの先生でした。この本が出る頃には、ちょうど一年が経ち、どうなっていることやら。

あとは自分で勉強していくしかないと思うんですけどね。教室で出会った生徒さんたちともう少し一緒に学びたいという気持ちもある。ああいう場でないと、なかなか出会えない方たちなので、名残惜しいというか。

いつか、どこかで読者の方々に、お目にかかる機会があったとき、僭越ながらご披露できればいいなと考えています。イベントや交流会みたいな催しを、開催できるようになればいいのですが、なにしろマイナーな物書きなので、そういった催しを開催しても、読者が集まってくれるかどうか。不安です。

ちなみに桜田ケイ先生には、国立のNHK学園（くにたちオープンスクール）で学びました。私も習ってみようかしらと思われた方は、是非、見学に行ってみてください。夜なので、ちょっと時間的に無理という方が多いかしら。私は昼間、仕事をした後、行けるので良かったんですが……。

さて、もうひとつお知らせが。この間の「あとがき」に書きましたが、やっとツイッターとブログをアップできました！

ノートから入って、『六道慧のブログ』、あるいは『六道慧の花暦』で検索していただくと、読めるはずです。いやはや、慣れない作業ばかりで本当に大変でした。ずっとシルバー人材センターの方にお願いしていたのですが、どうやってもアップできない。まさにアップアップの状態で、知り合いの便利屋さんに助けを求めた次第です。

ちなみにノートには、『六道慧の花暦』と『恋猫』という未発表の新作短編を無料配信しています。興味のある方は、ぜひ、覗いてみてください。

さてさて、私にとっても楽しく、面白いシリーズになりました。終わった後、「ああ、面白かった」と思いましたから。読者のみなさんにも、その楽しさや面白さが伝わってくれるといいんですけどね。

詐欺事件は、警察と詐欺師のイタチごっこが続いています。こんな詐欺がありますよという警鐘にもなればと思っています。

手洗い、うがいとともに、詐欺に気をつけましょう。他人事ではありません。我が身に起きるかもしれない自分事として、とらえるのが大切だと思います。

それでは、また、2巻目のときにお目にかかりましょう（まあ、現在はブログを月に何回かの割合でアップしていますので、この言葉は当てはまらないかもしれませんけれど）。

この作品は徳間文庫のために書下されました。
なお本作品はフィクションであり実在の個人・団体などとは一切関係がありません。

徳間文庫

警視庁特殊詐欺追跡班

2020年4月15日 初刷

著者 六道慧

発行者 小宮英行

発行所 株式会社徳間書店

東京都品川区上大崎三-一-一 〒141-8202
目黒セントラルスクエア

電話 編集〇三(五四〇三)四三四九
販売〇四九(二九三)五五二一

振替 〇〇一四〇-〇-四四三九二

印刷 大日本印刷株式会社
製本

ISBN978-4-19-894554-1 (乱丁、落丁本はお取りかえいたします)